天才GM!
え、自分で
そんなこと言う?
まりあ
なえちゃん
かわいいでしょ?
21:00
ゲームマスター
獄木七笑《ひとやぎななえ》に試される
~きみの人生逆転ショー、配信で見せつけちゃお?~

昼はJK、
夜は【運命のゲーム】のGM《ゲームマスター》

「え〜、別にかわいければよくない？
似合ってるよ♪」

「まりあの考える衣装ってこう、
癖《へき》を感じるんだよな」

獄木《ひとやぎ》七笑《ななえ》
年齢 16歳
職業 高校生／【運命のゲーム】のGM（アルバイト）
誕生日 9月21日
好きな犬種 サモエド
纐纈《こうけつ》まりあ
年齢 16歳
職業 高校生／【運命のゲーム】配信アシスタント（アルバイト）
誕生日 3月8日
好きなチェーン店 3COINS

Character

オーナー

年齢
？？

職業
経営者／【運命のゲーム】の興行主 etc.

備考
地下劇場含む歌舞伎町のビルと《台本》の現所有者

誕生日
？？？

好きな食べ物
24時間営業している店のもの

INDEX

INDEX

ゲームマスター獄木七笑に試される
～きみの人生逆転ショー、配信で見せつけちゃお?～

広沢サカキ

MF文庫J

口絵・本文イラスト●nezi

Data　高1　5月13日

写真忘れてた～…
今度から忘れず撮ること！

暗殺ちゃん

- 文字通り殺し屋
- こういうピーキーな人は舞台にひとりほしい
- 手癖が悪いのでそこは注意

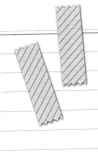

暗く深く、底の見えない大きな穴が広がる空間にぽつんと浮かび上がるのは真っ白なステージ。

端に設置されているのは大きな二つのパネル。

◯と書かれたものと✕と書かれたものだ。

「今回の【運命のゲーム】は単純な二択でいこっか」

ステージに立つGM《ゲームマスター》の七笑《ななえ》は落ち着いた声で告げた。

紺にメッシュの入った髪は肩まで伸び、そこからはぞっとするほどの白い肌と端正な顔立ちが覗《のぞ》く。モッズコートの中は制服のブラウスとプリーツスカート、生脚にはカラフルな絆創膏《ばんそうこう》が何枚か。ラフな装いに暗い色気を纏《まと》う美しい少女だった。

「ルールは簡単。私が問題を読み上げるから正解だと思う方に飛び込んで。わかりやすくていいでしょ？」

七笑は淡々とゲームの解説を行う。

飛び込めとはいうもののステージの周囲は底の見えない大きな穴、正解のパネルを選べば助かるのだろうが……

「も、もし間違えたら……？」

栗色《くりいろ》の髪の成人女性――サイズの合っていないリクルートスーツを着て、ヨレヨレのブラウスのボタンを首元までしっかりと留めた――暗殺《あんさつ》ちゃんは、か細い声で尋ねた。

「演出演出。配信もしてるし盛り上げないとさ」

具体的にどうなるかには触れず、あっけらかんと言い放つ。

「正解できれば暗殺ちゃんの勝ち。お望み通りの人生が待ってるよ」

「……ほ、本当、ですよね……？」

目尻に涙を溜《た》めながら暗殺ちゃんはおずおずと七笑に尋ねる。

「私の今までの殺し……誰かに頼まれたり騙《だま》されたり、たまに手癖だったり……それでしちゃった暗殺、全部なかったことにしてくれるんですよねっ？　この【運命のゲーム】に勝てば……！」

薄い体の前できゅっと両手を結びながら、暗殺ちゃんは迫る。

「うん。この《台本》を書き換えちゃえば一発だから」

七笑は手元のタブレットを掲げて答える。

「暗殺ちゃんの犯した殺人は別の形の死にすり替わって、それにまつわる公的な記録もあらゆる人々の記憶からも一切が消え去って、きれいさっぱり今までと違う人生を歩むことができる」

「しゃ、社会復帰の第一歩、ですね！　よぉし、頑張ります……！」

暗殺ちゃんは鼻を鳴らして気合いを入れた。

「それじゃあ問題」

七笑《ななえ》は至ってシンプルな問題文を口にした。

「『人を殺してはいけません』……◯か×か」

「！　え」

「さあ、正解だと思う方に飛び込んで？」

「も、もうスタートっ？　っていうか、あの……これは、なにかの引っかけ、とか……？よくあるじゃないですか、あの……め、免許の試験みたいな！」

暗殺《あんさつ》ちゃんは声を上ずらせて慌て始める。

「『雨の日は気をつけて運転しなければならない』とか、そんなの当然◯なのに、答えは×で……『晴れの日でも気をつけて運転するべき』みたいな……！　ああいう、出題した人のさじ加減すぎるやつじゃっ……!?」

「質問は受け付けないよ」

「あっ！　あのっ……もしかして……！　こ、答えは沈黙、とか……？　その、選ばないことが正解みたいな……？」

「あー、有名な引っかけではあるけど……そういうタイプの問題じゃないよ。きちんと考えてみてほしいな」

「うう……」

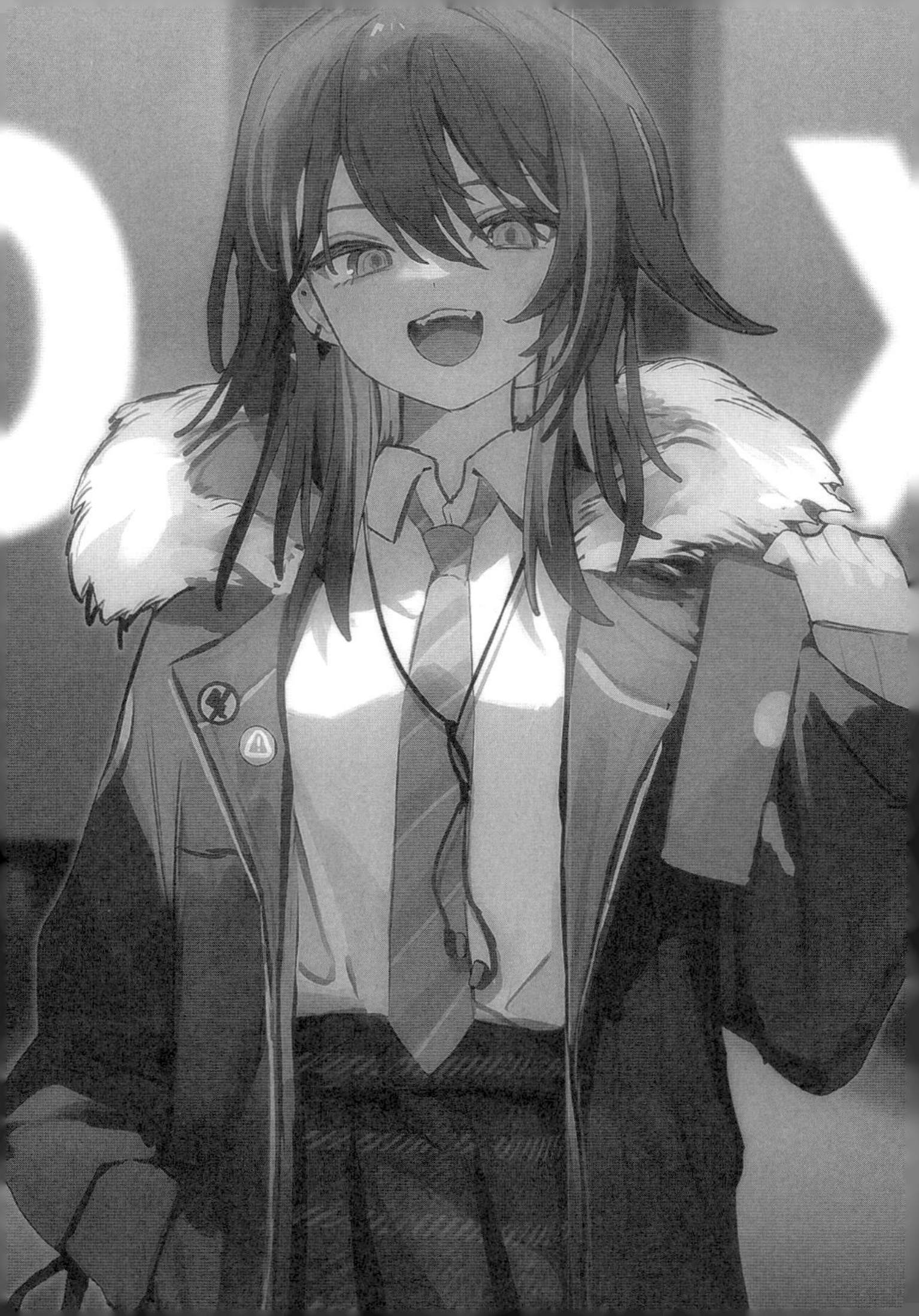

「さ、パネルの前に立って？　私は舞台を作ってるだけで、決定はあなた自身の手で下さないといけないの。自分の手で運命を掴《つか》み取《と》ろ？」

ＧＭに促されて、ふらふらとパネルのちょうど中央に立つ。

人生を大きく左右する局面をごくシンプルな形で提示されて暗殺《あんさつ》ちゃんはものすごく悩んだ。無駄に深く考え込んで必要ないことにまで思案を巡らせてしまう。

頭はすぐにパンクしてしまって、暗殺ちゃんはシンプルな解決方法を思いついた。

「…………………」

しばらくパネルを眺めた後、暗殺ちゃんは尋ねる。

「……あの、パネルによって厚みが違うみたいなんですけど……体重が軽い人だと、思いきりぶつかっても破れないんじゃ……？」

「ん～？　どれどれ……」

七笑《ななえ》はパネルに近づき、軽くつついて確認。

「厚み、違うかな？　普通に飛び込めば平気だと思うけど、不安なら勢いをつけておしりから入るとか……」

その瞬間、暗殺ちゃんは袖から滑らかにナイフを取り出して七笑の腎臓を背中から突き刺した。大量出血を狙って的確に二回。

「っ？」

なにが起きたか理解していない七笑の体が揺らぐ。肩を掴んで強引にこちらに振り返らせて白い首筋、頸動脈《けいどうみゃく》にも深くナイフを入れる。

その勢いのままパネルへと押しやって突き飛ばす。

「かふ」

七笑は首に刺さったナイフのせいで満足に末期の声も残せないまま、パネルを突き破りながら奈落へと落ちた。

体は枯れ枝のように小さくなっていって、やがて暗闇に吸い込まれていった。

「……ふう」

手慣れた作業で事を済ませ、暗殺ちゃんは安堵《あんど》のため息をついた。

「こ、これがあればいいんだから……っ！」

突き落とす際に七笑から奪い取っておいたタブレットを自らの正面に掲げた。《台本》とやらを書き換えればいいならこうするのが一番手っ取り早い。

サイドボタンを押して画面を覗《のぞ》いた瞬間、
パッ！

と、画面が強く輝いて暗殺ちゃんの目を灼《や》いた。

「っ!?」

声にならない悲鳴を上げて思わずタブレットを空に放り出す。フラッシュグレネードのような閃光《せんこう》をまともに食らって、ステージの上にうずくまる。

「この隙に突き落としてもいいんだけど」

背中にぺたりと手のひらの感触と、奈落に落ちたはずのＧＭの声がした。

「!!」

まだ目の見えないまま、暗殺《あんさつ》ちゃんは体を転がして慌てて距離を取った。

「うそうそ冗談。《台本》を奪いに来る子は初めてだな」

床に落ちたタブレットを拾い上げながら、七笑《ななえ》は続ける。

「《台本》にはありとあらゆる人の運命の始終が書いてあってね……だから禁則事項なりがクソ多くってさ、閲覧とか編集ができるのはごくごく限られた人間だけ。奪い取っても普通の人には無用の長物ってこと」

暗殺ちゃんは頭を軽く振りながらゆっくりと立ち上がる。

七笑をしっかり観察すると、背中からの出血は見受けられず首にナイフも刺さっていなかった。感触は確かだったはずなのに……

「ああ、傷のこと?」

疑問を察してあっけらかんと七笑。

「普通に暗殺ちゃんと取っ組みあったら瞬殺だろうけど、この舞台の上ではそうはいかないよ。これは【運命のゲーム】で、私がＧＭなんだから」

「……」

抵抗が意味のないものだと悟ったのか、暗殺ちゃんは視線だけを七笑に向ける。

「わ、私……反則負け、ですか……？」

「GMに暴力行為を働いてパネルを指定以外の方法で破って、それで続行ってわけにはいかないかな。それに」

「！」

ぼろっと、暗殺ちゃんの足元の一部が崩壊した。

慌てて一歩引いて周囲を見回せば、いつの間にかステージがところどころ穴が開くように崩壊を始めていた。

七笑との距離も、いつの間にかもうだいぶ開いている。

「タイムオーバー……これでも私はちゃんとGMやってるんだよね、問題は真面目に解いてほしかったな」

「真面目に……？」

暗殺ちゃんはステージに立ち尽くしたまま繰り返す。

「だって、だって……！」

そして、絞り出すように続けた。

「どっちのパネルを選んでも、真っ暗闇なのに……？」

「そんなことないよ」

七笑《ななえ》はそう答えて、残っていた◯のパネルに飛び込む。

ばりっとパネルを破いたその先には真っ白な橋があった。その橋はまっすぐに伸びて壁際にまで到達し出口へと続いている。

「この橋、角度変えれば見えちゃうんだよね。普通に」

「え？」

暗殺《あんさつ》ちゃんは初めて驚きの表情を浮かべた。

暗殺ちゃんの瞳にそんな橋は映っていなかったからだ。

◯のパネルの先にはただひたすらに暗闇が続いているだけ。

七笑が空中に浮かびながら暗闇を進んでいるように見えるだけ。

「これは人の心を映す橋。暗殺ちゃんは×の道に未来がないと感じてはいるけど、逆に◯を選んだ先も、人を殺さない生活も、なにひとつ想像することができていないみたいだね。だから、何も見えない。暗闇のまま」

暗殺ちゃんはまだ理解できずにいる。

ステージのほとんどは崩壊し、いよいよ暗殺ちゃんを残すのみだ。

「いきなり社会復帰だって肩肘張る前に、好きなこととか探してほしいな。いろんなゲームやったり漫画読んだりしてさ」

返事はない。

「やりたいこととか見つかったら、また舞台に立ってほしいな」

声も音もなく、暗殺ちゃんは落下していった。

＊　＊　＊

そして【運命のゲーム】の幕は下りて。

七笑は控室代わりの個室ラウンジへと戻り、扉をぱたんと閉めた。

へなへなとその場に座り込む。

「めっっっっっっっっちゃびっくりしたぁ〰〰〰〰〰〰〰〰〰〰〰〰……ただのＪＫを刺し過ぎだろ……おまけに突き落とされたし」

大きく息を吐く。暗殺ちゃんにされたあれこれを思い出して未《いま》だにバクバクと脈打つ心臓を押さえる。

「あの舞台の上ならなんともないってわかっちゃいるけど……」

しかし自分の体が刺されたような不思議な感触は残っている。さすがに不安かも。立ち上がって背中と首元をさすって確認。

本当になんともないと思う、たぶん。

最後に下着を軽く撫《な》でる。

「……ちょっとおしっこ漏れたかも」

「より数字が稼げるのなら、その路線も検討してほしいね」

冷たい声がする。

バーカウンターの椅子でスマホを触っている少女のものだった。

長く美しい銀髪で身体《からだ》は細く小さい。私立校らしき品の良い制服と薄紫のランドセルからは結びつきにくいが、この地下劇場と《台本》を所有するオーナーだ。

「するわけねーだろ……相変わらず人を舐《な》め腐ったクソガキだな」

「最後が哀れだったせいかな……投げ銭の額も上々。やはり顔がよくてライン越えてる女は金になる」

配信の反応を確認し終わると、オーナーはようやく七笑《ななえ》に目を向けた。

「そして君には《台本》を閲覧、編集する才能がある。人生を賭けて運命を勝ち取る劇場型リアリティショー【運命のゲーム】……軌道に乗りそうでなにより」

オーナーはポケットにスマホをしまいつつ続ける。

「今後、ショーの内容や演出は君に一任する」

「内容にはまるで興味ないって?」

「毎月の目標額さえ達成してくれればいい。スタッフの増員も一名までなら認めよう。もし未達になるようなことがあれば顔を出す」

話は終わりとばかりにソファから降りて扉へと向かう。

揺れる薄紫のランドセルに向かって七笑は言葉を投げる。

「……気に食わないわー、なんか」

「なにか問題が？」

振り返り、表情を変えないままオーナーは確認する。

「君は自分の舞台に立たせる主演女優を探しているんだろう？　【運命のゲーム】はうってつけのはずだ。好みの女をショーに立たせて吟味なり審査なりすればいい。こちらの条件は収益のみ。願ってもないようなアルバイトだと思うが」

「だからだろ」

間髪入れずに七笑。

「私に都合良すぎっつーか、色々そろい過ぎてててキモい」

「目の前にぶら下がったチャンスを恐れたり疑ったりするのは凡人、迷わず掴《つか》み取《と》れるのが一流……よく耳にする警句じゃないかな」

「ガキが一丁前に唆《そそのか》してんじゃねえよ。あらゆる運命が書かれてるとかいう《台本》持ってるやつに言われてもだろ。最初のページの〝特筆指定〟とかいう部分に閲覧制限かかってんのもモヤるんだよなー」

「本当に気に入らないようなら他を当たってもいいが」

七笑《ななえ》はかしかしっと後頭部を軽くかいて、

「いや、やる」

素早く結論を出した。

「主演女優を探してるのは本当だし、ここでなら奇抜でとがったショーも試せそうだし……あと」

そこで七笑はオーナーに被《かぶ》さるように見下ろしつつ、にやりと笑った。

「【運命のゲーム】でボロ儲《もう》けして、ここ丸ごと買い取って私の舞台を上演する……ってのも楽しそうだ」

煽《あお》られたオーナーは小さな顎に手を当てて……

「今日の君の儲けを考えると」

無表情のまま続けた。

「だいぶ気の長い話だね」

「だまりな」

オーナーは退室していった。

ドアの閉じる音が部屋に響いて、七笑はふんと鼻を鳴らした。

「好き勝手やらせてもらうとするか。言質もとったし」

これから地下劇場は君の城だと言っていた。少し違うニュアンスだった気もするが都合のいいように解釈しよう。

舞台のアイデアノートを見直したり、挑戦者候補の中から主演女優に向いてそうな子を選んだり、色々やることはあるけども……まず何よりも先に決めなければならないことはひとつ。

「これワンオペきっついわ……手伝ってくれるバイト募集しよ」

Data 高2 4月10日

- ナイスプロポーション！
- どうしても人目を引くので主演向き
- ただ舞台や芸能には興味なさそう？ もったいない…

七笑《ななえ》は地下劇場で働くにあたっての契約内容の説明、業務の流れのおさらい、報酬制度の詳細、諸々《もろもろ》の留意点などの説明を一通り終えると目の前のソファに座るアルバイトの少女に視線をやる。

「これで説明終わりだけど、なんか質問ある？」

約半年ほどの試用期間を終えて正式にアルバイトになった纐纈《こうけつ》まりあは、机に並ぶ書類に顔を近づけていく。

「ん～……」

精巧なつくりの横顔にミルクティー色のハーフツインが揺れる。ゆるくてふわっとした雰囲気はゆったりしたボレロの制服とよく似合っており、その美貌は人間よりも人形のそれに近い。

まりあは書類を眺めたまま、似つかわしい甘やかな声でつぶやいた。

「何回聞いても悪い夢を説明されてるみたい」

「はっ、それはそう」

七笑は笑って同意した。

「【運命のゲーム】は悪い夢みたいなもんだし……まあ、業務は試用期間中と変わらないから。今まで通りお願い」

「ん」

「これでまりあも正式なアルバイトかぁ」

スツールに座る七笑はぐっと伸びをして、ふうと脱力。メッシュの入った紺色の髪が跳ねて真っ白な顔には安堵《あんど》の表情が浮かんでいる。

「まりあは配信強いのがガチ助かるんだよね～。配信トラブルの原因突き止めたり解決したりめっちゃ速いし。ＧＭしてるとどうしても配信の方まで気が回らなくて……てか今思うとワンオペの頃無事故だったの奇跡だったな……」

地獄のような時代を思い出して続ける。

「ま、そもそもオーナーがゴミカスって話なんだよな。最初から十分な数のスタッフ用意しとけよって話だし、こういう契約まわりまで私に任せてるし……オーナーとは名ばかりでなにもしないから」

ここまでほとんど一人で喋《しゃべ》っていることに気づいて、まりあを見やる。

「……」

書類に目を落としたままリアクションはない。もしかしたら内容を真剣に読んでいて話は聞いていないのかもしれない。

七笑は冷蔵庫の方をちらりと見て、小さめに呟《つぶや》いた。

「……なんか飲もっかな」

「まりあミルクココアがいいな」

「聞こえてるじゃねーか……」

なにかに負けた七笑《ななえ》はスツールから渋々立ち上がる。

地下劇場にある個室ラウンジ。

七笑とまりあは業務とその待機時間を基本ここで過ごしている。

ほの暗く薄い青紫の、ムーディーな照明が染める部屋にあるのは低めの広い机にゆったりした大きなソファ。そこが二人のお決まりの場所で、スリコで買ったナイロンボックスに自立型ゴミ袋、並べて置かれた通学用鞄《かばん》、脱ぎっぱなしのルームウェアにダイエット器具など生活に必要なアイテムが散らばっている。

七笑はそれらをすり抜けて、部屋の角にある小さめのバーカウンターへ。

冷蔵庫を開けるといくつかのソフトドリンクとほとんど使わない調味料、奥の方にはいつのものか全く記憶にない食べ物の残りが乱雑に詰め込まれていた。そのほとんどは七笑が持ち込んだものだ。

中から牛乳と自分用にエナジードリンクを取り出す。

「あ、冷蔵庫そろそろ掃除しないとじゃない？」

「まだ平気っしょ。ええとコップは……ここ暗いんだよなぁ……」

肘で壁のスイッチを押し、照明を入れる。

バーカウンターを彩るネオンに光が入り妖しく輝く。おかげで手元が見える程度に明るくなった。雰囲気優先のおしゃれな設計に最初こそはしゃげたが日常としての場となった今はただただ使い勝手が悪いキッチンだ。

「あとは……お、ちょうどいいのがあった」

バーカウンターを見回すとココアのポーションが数個転がっていた。海外のブランドのようだ。まりあのマグカップにそれと牛乳を開け、レンジに入れる。

待つ間にかしゅっとエナドリを開けて一口。

バーカウンター越しから見る部屋の壁は一面ガラス張りになっており、そこからは舞台演劇用のステージが見渡せた。今は重い緞帳《どんちょう》が下りているが地下劇場というだけあって舞台をメインに設計されたことがよくわかる。

「なえちゃん」

声がかかった。まりあはいつもこう呼ぶ。

「正式にバイトになるんだし、経費で新しいPC買ってもいい？」

「PCって、まりあがここに来てすぐの頃にいいやつ買ったはずだけど……もう買い替えないとダメなの？」

「全然平気だよ。まりあ用の、FPSやるゲームPCがほしくて」

「めちゃくちゃ私用じゃん……でも別にいいんじゃない？　どうせオーナーの金だし。ハイエンドみたいなやつにしたら？」

「やった♪　またランク上げ付き合ってね」

「暇な時ならね」

「そしたら個人配信も復活させてもいいな〜」

「個人配信……」

その単語を繰り返しつつ、エナドリをもう一口。

「……私もそういうのやってみるかぁ……？」

それを聞いてまりあがソファからひょっこり顔を出す。

「え、なえちゃん個人配信したいの？　興味なさそうだなって思ってたけど」

「興味ないよ」

きっぱり言い放つ。

「【運命のゲーム】って淡々としてるからさー、なんかしら工夫とかアイデアとかは積極的に取り入れないとなーとは常々。個人配信やれば気づきもあるかなって思って」

「へえ〜、ストイックだね」

「興味を引き続けないと今はすぐスワイプされちゃうし」

「それはそう」

「まりあ、なんかない？　元有名配信者の経験からアドバイスというか、効果的だった施策とかあったら教えてほしいんだけど」

「んー、でも普通の配信と【運命のゲーム】の配信はかなり違うくない？」

「まあね。だから手っ取り早くてシンプルなやつがいい」

「なら、なえちゃんがえっちな格好してＧＭやるのが一番早いよ。目に見えていろんな数字が変わると思う」

七笑《ななえ》は表情に明確な嫌悪を滲《にじ》ませた。

「嫌なの？　コスプレ」

「コスプレが嫌っていうか」

「まりあが考えた衣装を着てＧＭする時だってあるでしょ？」

「それが嫌なんだよ……」

頭を抱える。

「まりあプロデュースとかいってたまに私にコスプレさせたがるけど、あれ最初だけコメントがちょっと盛り上がるだけっていうか」

「ちょっと盛り上がるじゃん」

「出オチなんだって……あとなんていうんだろ、まりあの考える衣装って」

七笑はやや口ごもりつつ告げた。

「こう、癖《へき》を感じるんだよな」

「それギリギリ悪口だよね？　デザインにはけっこう自信あるんだけどな～」

そう言ってまりあは自分の通学鞄《かばん》を手元に引き寄せて中身を探る。

「なえちゃんに着せたい衣装のアイデアならたくさんあるし。たとえば」

「いや見せなくていい怖い。そもそも主役は挑戦者なんだから。ＧＭの私が目立っても仕方ないし。やっぱその路線はナシ」

「え～」

「よく分かった。やっぱり【運命のゲーム】はメインコンテンツの面白さで勝負していくべきだな」

一方的に現状維持で話がまとまったところでレンジの音がした。

完成したココアを持ってまりあのいるソファに戻ると、広げられたバイトに関する契約書類が目に入ってきた。そこで思い出す。

「契約書の話してたんだった。結局質問とかあったんだっけ？」

「質問は～……」

まりあは声を長めに伸ばしながら考えて、七笑《ななえ》を見つめた。

「書類って、これで全部？」

「そのはずだけど……え、なんか足りないのある？　私が受け取った書類はそれで全部だから、ミスがあったらあのクソガキの」

書類の入っていたクリアファイルの中を確かめていると、

ピンポーン
とインターホンが鳴った。入口に来客らしい。

「あっ、配達だな……置き配でいいって言ったのに」

「配達？」

「食べ物頼んでた。受け取ってくるからクリアファイル探しちゃって」

七笑はタブレットを小脇に抱え、足早に扉へ向かう。

ばたんと扉の音を響かせて退室。

「……」

その背中を見送り、まりあは個室ラウンジに残された。

七笑が放り出していったクリアファイルを探る。中には封筒と予備の書類が挟まっているだけだった。新規のものは特にない。

改めて机の上の書類を見つめる。

特に業務内容の部分。

備考欄も注意深く。

「……主演女優やってほしい、ってどこにも書いてないなぁ……」

顔を上げた勢いのまま、ぽすっとソファに体重を預ける。

「言われるならこのタイミングかなって思ってたんだけどな」

つぶやきつつ扉を見ると、思ったよりも早く七笑《ななえ》が戻ってきた。

しかし、その手にはなにも持っていない。

「あれ？　荷物は？」

「配達じゃなかったわ」

七笑はタブレットをひょいと掲げながら告げた。

「今夜の挑戦者が来た」

「てことは……」

「お仕事だよ、まりあ。【運命のゲーム】開演の準備だ」

＊　＊　＊

地下劇場、メインステージ。

どっしりとした緞帳《どんちょう》の前にスポットライトが落ちて、制服にモッズコートを羽織った七笑が照らされる。

「あ、あー……もう配信ついてる？　ようこそ、私の舞台へ」

特に緊張した様子もなく、配信用カメラのみの観客席に向かって仰々しく一礼。

「【運命のゲーム】開演の時間だよ。今夜のＧＭは七笑が担当するね」

面《おもて》をあげて、お決まりの文言を続ける。

「【運命のゲーム】は人生を賭けて運命を勝ち取る劇場型リアリティショー……完璧なる人生の唯一の汚点、理想の顔とスタイル、栄華できらびやかな将来、果たせなかったささやかな約束……ＧＭの提案するゲームに挑んで勝利すれば、ぜ～んぶ思いのまま」

そう言ってタブレットを正面に掲げる。七笑の小顔はそれで完全に隠れ、お面のようにひらひらと動かしながら明るい調子で語る。

「この《台本》を書き換えちゃえば一発！　これからステージで起こるのはそんな運命を変える摩訶不思議なショー……信じるか信じないかはあなた次第。気になる人はぜひ配信を最後まで見届けてほしいな？」

タブレットを下げると薄い微笑《ほほえ》みが浮かんでいた。

「さ、説明はこれだけ。詳しいことは進めつつだね」

七笑の隣にスポットライトが落ちる。

「今夜の挑戦者の紹介だよ。プレイヤーネーム……黒《くろ》マスクちゃん」

「よろしくお願いします」

よく通る澄んだ美声だった。

つややかな黒髪とぱっちりとした瞳の――――青いジャンパースカートの制服が古式ゆかしい清楚《せいそ》を匂わせる――――黒マスクをつけた美少女だった。

「最終確認も含めて改めて質問させてもらうね」

七笑《ななえ》はタブレットを腕に抱えてタッチペンを構える。

「黒《くろ》マスクちゃん。まずあなたの望む運命を聞かせてもらおうかな」

「受験合格です。瑛峰《えいほう》女子高等部への入学を希望します」

「お嬢様校だ、学生らしい願い事だね」

ほお、とわざとらしく七笑。

「でも、瑛峰は中高一貫のエスカレーター校だったはず……黒マスクちゃんが今着ている制服も瑛峰中等部のものだよね？」

「……」

質問には答えないまま、黒マスクちゃんは口を開いた。

「私はいつも【運命のゲーム】の配信を見ています」

「えー、うれしい。ありがとね」

「配信が、ショーが終わって幕が下りたら、本当に世界が変わっている。でも誰も気に留めない。元から世界はそうだったことになっている。親や友人に聞いても教科書を読んでもネットで調べても、自分の記憶と世界が違う」

どうかしているとしか思えない説明のあと、自嘲を挟む。

「最初は夢でも見ているのかと思いました」

「自分の記憶なんて案外アテにならないものだよ？　もしかしたら今も夢だったり……」

「いいえ」

七笑のおどけた発言は力強く否定された。

「配信に投げたお金は戻ってきませんでしたから。減った私の預金残高が現実と教えてくれました」

「……ま、投げ銭はショーの価値とか満足度としてありがた～く、ね」

「このショーによって、本当に世界は書き換えられている。内閣総理大臣の順番、大手三社と鎬《しのぎ》を削っていたはずの四番目のコンビニチェーンの存在、一億再生された有名ボカロＰの曲名……私が確認できただけでも、これらは確実に」

そして配信用カメラをちらりと見る。

「たった今生配信が行われているこのＳｔａｒＴｕｂｅ《スターチューブ》だって……元の名前は、本当の名前は、違いますよね……？」

誰もが知るはずの世界最大級の動画配信サイトの名前を、疑わしげに尋ねる。

「いいね、私はあなたみたいな子を待ってるの」

七笑は美しい微笑で応じた。

「幕が下りても、世界が変わっても、【運命のゲーム】を憶《おぼ》えている女の子。心から強く運命を変えたいと望む女の子。私の舞台に立てるのはそういう子だけ……ここはそんな秘密の地下劇場なの。驚いちゃった？」

「そうこなくては」

黒《くろ》マスクちゃんは臆することなく答えた。

目を細めて笑い返す。

「それでこそ、このショーに挑む価値がある」

彼女の声音《こわね》はわずかな熱さえ帯びていた。

「ちなみに瑛峰《えいほう》はＧＭさんの言う通りエスカレーター式です。ただ私の進学は取り消し
……というか退学処分を受けました」

「どうして？」

「校内で賭場を開いて生徒から金を巻き上げていたことがバレまして」

「思ったより派手なやらかしだなー」

「教師にはいくらか握らせたのですが、ダメでしたね」

ふう、とため息を挟む。

「でも大丈夫。今度はバレずにうまくやります」

「なかなか自信家だね」

「運が悪かっただけですから。目立たずに影のように生きていくのは得意なので……次は
もっと深いところでやるだけです」

黒マスクちゃんは改めて七笑《ななえ》に向き合う。

「ＧＭさん、私の願いは受け入れられませんか？」

「まさか」

七笑は大げさに大きく両手を広げた。

「ここは望んだ運命を掴《つか》み取《と》る舞台。拒否なんてしないよ」

そしてタッチペンを軽やかに回して、素早く操作を始めた。

「【運命のゲーム】に勝てば黒マスクちゃんは瑛峰高等部に進学できる。賭場が見つかることなく、なんの事故もイレギュラーもないままね。勝利してショーの幕が下りれば世界はそういうことに書き換わっているから」

クラウドにある《台本》にアクセスし黒マスクちゃんのために作成したゲームを選択。

「ただし……負けた場合も世界は書き換わってしまうよ。黒マスクちゃんにまつわる様々な事柄は変化してしまうし、私にもどうなるかわからない。それでもいい？」

「構いません」

「ＯＫ」

ダイアログの『プレイする』をカツンと叩《たた》くと、タブレットの画面は暗くなってぐるぐると歯車のような模様が動き始めた。

ぴこん、とタブレットから音がする。【運命のゲーム】が起動した音だ。

「さ、運命が始まるよ」

緞帳《どんちょう》が上がり、舞台から光が溢《あふ》れだした。

＊　　＊　　＊

反射的に目をつむった黒《くろ》マスクちゃんだったが、次第に目は慣れてきた。

なんだか妙に暑い。

足元はさらさらとして安定感がない。

遠くからはかもめの鳴き声が聞こえて、鼻の奥をつくのは潮の香り。

「ここは……？」

ゆっくり目を開ける。

雲ひとつない青い空、きらめく白い砂浜、揺れる椰子《やし》の木とパラソル……そこは絵に描いたようなリゾートビーチだった。

恐る恐る歩を進めて砂を踏みしめる。

そこで服装が水着に変化していることに気づく。パレオ付きの黒ビキニだった。

「！」

慌てて両手で自分の身体《からだ》を隠す。

『水着でドキドキ！　真夏のビーチで宝探しクイズ～！』

拡声器越しに音割れした七笑《ななえ》の声がビーチに轟《とどろ》いた。

続けてぱおぱおぱお～とDJが用いるエアホーンも鳴り響く。

視線を向けるとまずイベント用の大型モニタが目に飛び込んできた。南国の花やバルーンアートによって飾り付けされており、いくつかのビーチパラソルも見える。

そのうちのひとつ、陰の下に拡声器を構えた七笑がいた。

首までファスナーを閉じたパーカーを着てなぜかうさ耳をつけている。

「……なんですか、これは？」

黒マスクちゃんは訝《いぶか》しげな視線を向けつつ七笑のいるパラソルの下へ。

「アイドルの水着大会風にしてみたけどお気に召さなかったかな？　てか知ってる？」

「存じません」

「本当は水着のアイドルたくさん集めて、浮き島渡りとか水鉄砲対決とか騎馬戦とかやるのを眺めるんだって。……ま、私もネットの知識の受け売りだけどね」

「品のない……」

「なかなかだよねー？　でも黒マスクちゃんのこと知るにはちょうどいいかもって」

拡声器をテーブルに置いて続ける。

「学園の闇に紛れて賭博を仕切る違法女子を、真夏のビーチで徹底解剖☆　……悪くないコンセプトじゃない？」

七笑《ななえ》は黒《くろ》マスクちゃんの爪先から頭までを確認するように眺める。付くべきところにしっかりと肉が付いたいわゆる女性的なフォルム。布面積のやや少ない黒ビキニがそれを際立て、薄いパレオでは抑えきれない魅力が溢《あふ》れ出しているかのようだった。

「似合ってるよ、水着」

「……っ」

黒マスクちゃんからは殺意の込められた視線が。

「そんな怖い顔しないで？　私も水着で付き合うからさ。せっかく海に来たんだし気分あげてかなきゃ、ね！」

そう言って、ファスナーを下ろしてパーカーを勢いよく脱いだ。

「ひゃっ!?」

瞬間、自分でも驚くような甲高い悲鳴が出た。

「なんだこの水着……いや水着かこれ!?」

美しい流線形を誇る七笑の身体《からだ》が纏《まと》っていたのは派手な蛍光色の、どピンクのバニーガール風水着だった。うさ耳やファーの尻尾はしっかり、フリル多めのエプロンドレス風の意匠からはメイドも感じさせてくれる。ファンシー系のアレンジを加えつつもハイレグの角度は妙にエグい、やや特殊めなコスプレだった。

「やっぱり癖《へき》全開じゃねーか……！　おい、まりあ！」

「なに～？」

返事の聞こえた隣のパラソルへと向かう。

簡素な作りの白いテーブルセットに陣取っていたのは、黒いラッシュガードを着用する人物だった。大きなサングラスとバケットハットまで着用しているため外見情報が完全に封じられている。

「……誰？」

「紫外線対策したまりあだよ」

答えながら手にしていたハンディファンを七笑に浴びせる。

「私よりよっぽどいい身体してるくせに……！」

「まりあ焼けるのやなんだもん」

まりあはグラサンをずらし、ふむふむと七笑のバニーガール風水着を眺める。

「うん、やっぱりなえちゃんによく似合ってる」

「あのなぁ……」

ここはしっかりとした怒りを込めて抗議する。

「水着にバニーガールにメイドは要素足しすぎだろ。コンセプトが濁るっていうか、それぞれの素材の良さを大事にすべきだと思う」

「え〜、別にかわいければよくない？」

「あの」

隣のパラソルから割って入ってくる声。

挑戦者なのにほったらかしにされた黒《くろ》マスクちゃんからの抗議だった。

「ごめんごめん！　今ルール説明するからさ」

慌てて戻ってタブレットを開く。

表示されたのはこのビーチの地図だった。きれいな弓なりの形をした砂浜と、ちょっとした岩陰があるのみ。小ぶりなプライベートビーチ然としている。

「やることは最初に叫んだタイトル通り、真夏のビーチで宝探しクイズ。ビーチに隠されたクイズを探し出して回答してね。問題は全部で三問、二問正解すれば勝利だよ。わかりやすくていいでしょ？」

「……シンプルですね」

「ただし、水着であることをお忘れなく。ほら、ちょうどあんなところにクイズの入った瓶が浮かんでる」

岩礁を指差す。

濡《ぬ》れた岩々が凸凹《でこぼこ》を作り、くぼみに溜《た》まった海水に瓶がぷかぷかと浮かんでいる。

「あれは例題だから私が取りに行くね？　見てて」

すたすたと岩礁へ歩いていく。

ためらわず海水溜まりに膝まで浸かる。瓶は目の前。しかし大きな波がざばあっと入ってきて、伸ばした手からきれいにすり抜ける。

「あっ、逃げるなこのっ……」

七笑《ななえ》が瓶と格闘する様子は設営されている大型モニターに映し出されていた。

波に耐えて弾む健康的なおしりと屈《かが》む時のみ発生する胸の谷間……多様なアングルがあることからカメラは複数存在していることがわかる。

「よしっ、ゲット～！」

しかしそれらを一切気にしないまま瓶を掴《つか》んで突き上げた。七笑はそういう羞恥心がごくごく薄いタイプだった。

岩礁からパラソルの下に戻ってくると瓶をまりあに渡す。

「まりあ、問題読んでくんね」

「はぁい」

まりあはコルクの栓を抜いて問題文を読み上げる。

「問・瑛峰《えいほう》の正式名称を答えなさい」

「答えは、私立瑛峰女子学園中学校・高等学校」

ピンポンピンポーン！　とビーチに正解の音が響く。

「と、まあこんな感じ」

「……探している最中、カメラで撮られるってことですか」

「そ。たくさん素敵なショットを見せてほしいな？」

この水着クイズ大会の仕組みと趣旨を理解した黒《くろ》マスクちゃんだが、しかし、足はクイズ捜索に動かなかった。

「水着で照れたり恥ずかしがったりするのは演出的にはありなんだけど」

「……」

「そのまま動かないつもりなら、残りのクイズも私が」

黙していた黒マスクちゃんは、諦めたようにふうとため息。

そして続けた。

「パーカーを貸してもらえますか」

「いいよ」

黒マスクちゃんは七笑《ななえ》から借りたパーカーをパレオの上から腰に巻き付けると、クイズ探しへと出発した。

＊　　＊　　＊

黒《くろ》マスクちゃんは岩陰の奥に見つけた瓶と格闘していた。

「ううっ……えいっ……！」

ちょうど腕一本分が入る隙間に入り込んだ瓶に向けて手を伸ばすが、あとちょっとのところで届かない。指先が触れるのみだ。

「もうっ、なんで私がこんなことを……！」

岩に押し付けられた形の良《い》い胸が歪《ゆが》み、水着が肌から浮く。それをもう片方の手で必死に押さえながら奥へ奥へと手を伸ばす。

恥辱に歯を食いしばる様子はしっかり大型モニタに映し出され……

「黒マスクちゃん、頑張ってるなぁ」

パラソルの下、七笑《ななえ》はそれを見上げていた。

今回の内容に合わせて4：3の、ブラウン管テレビっぽい加工がされた配信画面。水着のおかげで投げ銭の勢いもいい。

「よくこんなスケベなこと思いつくね」

隣に座るまりあが呆《あき》れた視線を向けてくる。ノートＰＣで配信状況はしっかりチェックしてくれているようだ。

「私がスケベなんじゃなくて世の中にスケベが多いんだって。使えそうなネタ探してたらもっとすごい企画とかアイデアごろごろ出てきたもん。紐《ひも》みたいな水着とかマジックミラーとか……あとは」

それらの単語を聞いて、まりあはああと声をあげる。

「思い出した。だからかぁ」

「だから？」

「ラウンジのPCの検索履歴、とんでもないワードばっかり並んでたんだよね」

「あー、それは今回のショーのために色々調べてたせい」

「なえちゃん欲求不満なのかと思っちゃった」

「あのPCでそういうの調べるわけないだろ……」

今度はこちらから呆れた一言を送る。

すると、まりあはノートPCから目を離してこちらをじっと見つめてきた。

「？　なに？」

「そういうのは自分のスマホで調べてるってこと？」

「…………いや？　べつに？　そんなことゆってないじゃん」

七笑は視線をそらし、急にぼそぼそと聞き取りにくい声で答える。

「ネタ探しのためにバ先のPC使ったってだけでさ、べつにそれ以上のことなんてなにも言ってないのにまりあが勝手に想像してえっちな」

「ちょっとスマホみして」

「絶対やだ!!」

「検索履歴だけだから」

「一番見られるのイヤだろ検索履歴なんて！」

「さっきまでおしりとか谷間とか配信に映ってたのに」

「恥ずかしさの種類が違うだろって！　そういうのはイヤなの私！」

「あのっ」

会話は、少女の声によって遮られた。

「クイズを持ってきました」

隣のパラソルの下で黒《くろ》マスクちゃんが瓶を掲げていた。上半身まで海水に濡《ぬ》れている様子からも悪戦苦闘したことがうかがえる。

「おー、お疲れさま。それじゃあ早速黒マスクちゃんの成果を開封しようか」

放られた瓶を受け取ってこちらは白いテーブルセットから出題、黒マスクちゃんは隣のパラソルにて解答する図式となった。

瓶を開封し、問題文を読み上げる。

「問・江戸後期に書かれた怪異小説集『雨月物語《うげつものがたり》』の作者を答えよ」

「………………歌川広重《うたがわひろしげ》」

ぶぶーっ！

「正解は上田秋成《うえだあきなり》。これは今年の瑛峰《えいほう》の入試問題だね。大変だとは思うけどもう一回クイズを探しに……」

「これですか？」

黒マスクちゃんはそう言って腰に縛ったパーカーの両ポケットから瓶を取り出してこちらに放ってくる。ふたつ。

つまり、ビーチに隠されたクイズを全て持ってきていた。

「卑猥《ひわい》なアングルが撮れそうな場所から逆算すれば集めるのはすぐです」

説明しながら自らの黒マスクをぴっと外して投げ捨てた。

美貌が露わになり瞳には覚悟の光が宿っていた。

「早く終わらせましょう？　ここ、陽射《ひざ》し強すぎるので」

「早期決着がお望みのようだね。まあ残り二問だし、さくっと済ませようか」

次の瓶を開けてクイズを確認する。

「お！　これはサービス問題だよ。かなりプライベートな問題だね」

声を弾ませながらクイズを読み上げる。

「問・あなたの個人情報をひとつ教えて？」

「個人情報……？」

「なんでもいいよ。たとえば……」

「誕生日は四月十日。これでいいですか？」

ピンポンピンポーン！

「あっ、ギリギリの質問したかったのに……まあいいか」

「最後の問題をお願いします」

もうセクハラに構う必要はないとばかりに先を促された。

七笑《ななえ》は首をすくめて進行する。

「黒《くろ》マスクちゃんの戦績は一勝一敗。次の最終問題で決着だね……それじゃ問題」

最後の瓶を開封して、読み上げた。

「問・瑛峰《えいほう》にて非公式的に行われる賭博、一晩で動いた最高金額は？」

「！」

黒マスクちゃんの表情に真剣味が増す。

「賭場のゲームはブラックジャック、花札、チンチロと色々ありますが……」

「ゲーム関係なく、単純に最高額でいいよ」

そう告げると黒マスクちゃんは口元に手を当てて黙り込む。

賭場の問題かつ最高金額というのは挑戦者にとってかなり有利な問題。今は必死で大台に乗った時の数字を思い出して精査しているはず。

「思い出すのに時間がかかっちゃう？　黒マスクちゃんは相当な数の女の子を騙《だま》して儲《もう》けたみたいだね」

　ちょっと揺さぶりをかけてみた。

「……世間知らずの生徒に賭け事を教えて、賭場にのめり込ませて借金を膨らませて、太い実家に助けさせる……これが一番効率がいいんです」

　特に取り乱すことはなく、思ったよりも冷静な反応だった。

「あの学校には娘に金をせがまれて渋る家庭なんて存在しません。名家の集うお嬢様校ですから。隙が多くて余裕のある女の子たちのおこぼれにあずかっているだけ、誰も困らないし誰も気にしない。私はこの豊かな生活を崩したくないんです」

　饒舌《じょうぜつ》になっていく。おそらく黒マスクちゃんは勝利を確信しているのだろう。

「ごく平凡な生徒として学校に通いながら、余っているお金を少し頂戴して、ひっそりと目立たず影の中で生きていたい……私の願いはそれだけです」

「いろんな生き方があるもんだね」

「解答します」

「どうぞ」

「答えは一千五十万です。陸上の特待生で入学した一年が入学早々怪我《けが》をして、チンチロにハマって膨らんだ金額……これがあの賭場で動いた最高額です」

ビーチに響き渡ったのは……

ぶぶーっ！

という不正解の音だった。

「正解は三十八億でした。残念だったね」

特に焦《じ》らしも溜《た》めもせず、さっくりと七笑《ななえ》は告げた。

「は……」

想像だにしていないような数字を耳にして……

「はあ？」

黒《くろ》マスクちゃんの喉から断続的に声が漏れた。

「さすがはお嬢様校、桁が違うよね～」

「そんな高額が動くわけ……胴元の私は見ていません！」

「そりゃあ、胴元は教師だからね。あの学園の別の賭場のことだから」

「別……？」

「自分で言ってたじゃん。世間知らずの生徒に賭け事を教えて、賭場にのめり込ませて借金を膨らませて、太い実家に助けさせる……確かに効率的だね。でも、そんなにチョロくておいしい仕組みに、今の今まで誰も目をつけてないと思う？」

わかっていない黒マスクちゃんのためにもう一手。

「教師や経営陣も賭場を開いてたりとかは、考えなかったのかなって」

「……な、ん……」

「瑛峰《えいほう》にはもっと高レートの賭場が裏でゴロゴロしてるってこと。学校ぐるみだから教師を買収はできないだろうし、億のゲーム転がしてる脇で世間知らずのネズミが小遣い稼ぎにウロウロしてたら……そりゃつまみ出されるでしょ。学校からもね」

すらりとした足を組みながら七笑。

「自分が隠れている影がどういうところなのかは、知っておくべきだったね」

「……」

スケールの違う情報を浴びせられて黒マスクちゃんは無言で佇《たたず》む。

何を言われているのか脳内で処理することで精一杯なのか、もしくは今までなんとなく見過ごしてきた違和感の数々と符号してしまって反論ができないのかもしれない。

ただ、七笑にとってはもうどうでもいいことだった。

「このネタこれ以上膨らまないし、今回の【運命のゲーム】はこれでおしまい。あっけない内容だったかもしれないけど……」

タブレットを見やり、投げ銭の総額を確認。

「私としては満足かな。それで、黒マスクちゃんについてなんだけど……」

「待って！」

待ったが入った。

ここからが七笑《ななえ》としては本題だったのだが、ひとまず話を聞くことにした。

「……GMさんは女の子がお好きなようで」

「うん。大好き」

「学園には私に借金が残っている女の子が大勢います。その子たちを借金のカタとしてGMさんに横流しできますよ？　ご希望の令嬢を、いくらでも」

どうやら取引を持ちかけたいようだった。

「……別の賭場に気づかないで教師に賄賂を握らせて、今度は私に女の子の斡旋《あっせん》？」

ため息とともに返す。

こんな議論の余地もない取引より先に進めたい話があるのに。

「改めて教えてあげる。これは思い通りに世界を書き換える【運命のゲーム】で、私は秘密の地下劇場のGM《ゲームマスター》……わかるかな？」

タッチペンをくるくる回しながら続ける。

「ここには文字通り運命に導かれるようにいろんな女の子がやってくるの。配信を見てくれた女の子……お嬢様でもバンギャでも地雷系でも、国民的アイドルや昭和の名女優だって。だから別ルートからの斡旋は必要ないかな？」

「で、でもっ」

「それとね」

七笑はタッチペンの回転を止《や》めて、すうっと黒《くろ》マスクちゃんを指す。

「私は今夜あなたを舞台に上げたの。いま興味があるのは、あなただけ」

それきり黒マスクちゃんは静かになった。

主導権が誰の手にあるのかを理解してくれたようだ。

「ふふっ……さっき黒マスクちゃんはひっそり生きたいなんて言ってたけど、自分の魅力をもっと活《い》かすべきだと思うんだよね」

声を明るく切り替え、ぐっと前のめりに。

七笑としての本番はここからだ。

「今日のショーを見て確信に変わったね。あなたはプレイヤーとして輝くタイプ！」

「プレイヤー……？」

「黒マスクちゃんは、とっても素敵なプロポーションしてるんだもん♪」

「っ！」

即座に、黒マスクちゃんは両腕で身体《からだ》を隠す。

今までの行動からこれは察していたことだ。

「どうやらコンプレックスがあるみたいだね……でも自信持ってほしくて。今日の配信のデータを特別に見せちゃうからさ」

そして手元のタブレットを操作。同接や投げ銭などの情報を拡大表示し黒《くろ》マスクちゃんへと見せつける。

「有名人でもないのにたった一晩でこの同接と投げ銭……かなりのものだよ？　黒マスクちゃんのプロポーションならこれくらいは余裕で稼げちゃうってこと」

ここは数字の力を使う。

価値を証明してくれる客観的な指標としてこれに勝るものはない。

「スタイルが良すぎて遠目に見ても映えるんだよね〜。いろんなアングルで見てたけど姿勢がよくて体幹もブレない……品があるっていうの？　佇《たたず》んでるだけで動きのない時の間が保つ。舞台女優とか向いてるんじゃないかな〜？」

「……」

黒マスクちゃんに動きはない。しかし気のせいか水着を防御する腕が少しずつ下がってきているように見える。

この子は押せばいける。

そう直感した七笑《ななえ》は畳み掛ける。

「恵まれたプロポーションのおかげかな……支えてる下半身がしっかりしてるのがいいんだと思う！　おかげで舞台に立った時の存在感もばっちりだから！」

「――――」

その言葉を聞いた瞬間、黒マスクちゃんの表情から感情がすうっと引いた。瞳から一切の光は消え失《き》せ《う》て冷たいものへと変わる。

「あ、これは……」

まりあのつぶやきは熱弁を振るう七笑には聞こえていないようだった。

「変にダイエットとか絶対してほしくないな～……そのプロポーションの持ち主なのに自信がないなんてもったいないって！　……いや、違うな。もったいないは言い方が正確じゃないいや」

ここでトーンダウンして神妙な表情で続ける。

「私、黒マスクちゃんに自分の身体《からだ》を嫌いになってほしくないの。女の子はみんな、ありのままでいるだけで素敵な存在なんだから！」

とっておきのキラーフレーズを放つ。

が、しかし反応はなかった。

それどころか黒マスクちゃんはその場にしゃがみ込んでしまった。

期待した感触とは少し違うがここで止まるわけにはいかない。あとは押すのみだ。

「だからお誘い！　【運命のゲーム】には負けちゃって残念だけど、その素敵な身体を武器に私と一緒に舞台の世界に」

「……ケツがデカくて悪かったな」

返ってきたのは低音の、地の底からうめくような声だった。

「え？」

「死ねぇっ!!」

黒《くろ》マスクちゃんは助走をつけて、いつの間にか脱いでいたパーカーを振り回して七笑《ななえ》の額にぶち当てた。

どむっとかなり重たい衝撃音とともに七笑の身体《からだ》は椅子ごと吹き飛んだ。

どうやらパーカーのフードに砂を詰めて縛って凶器にしたらしい。

「好き勝手言いやがって……ノンデリクソビッチが!!」

七笑はゆっくりと起き上がって、うさ耳のついた頭を振る。ＧＭは【運命のゲーム】の舞台上で死ぬことはない。無敵だ。

「……あれ？　私なんで殴られたの……？」

「わかりやすくライン越えてたよ」

まりあが付け加える。

「死ぬまで殺してやる！」

殺意全開。砂の詰まったパーカーを振り回しながら黒マスクちゃんが迫る。おそらくもう話は通じないだろう。

「もうダメっぽい……？　なら、今夜のショーはここまでだね……」

七笑はわざとらしく肩をすくめて、投げやりに終わりを告げた。

すると、砂の中からざばぁっとレトロな形をした大砲が浮上してきた。海賊船に設置されていそうな大砲の狙いは黒マスクちゃんに定められている。

「最後にもうひとサービス、お願いね？」

「ひゃ」

大砲の形をした大型水鉄砲からすさまじい勢いの水が射出。黒マスクちゃんはその直撃を食らってなす術《すべ》もなく海へと吹き飛ばされていった。

強烈な放射が終わって時間差でビーチに小雨が降り注ぐ。

紛れてひらりと、空中から黒い布切れが舞い落ちた。

黒マスクちゃんのパレオだった。

「私は魅力的だと思ったんだけどなぁ、あの太もも……」

七笑はそれを拾いながら名残惜しそうに呟《つぶや》いた。

＊　＊　＊

そして【運命のゲーム】の幕は下りて。

七笑とまりあは廊下を歩いていつもの個室ラウンジへと戻っていた。

ビーチを堪能していたバニーガール風水着とラッシュガードではなく、それぞれの制服姿に戻っている。

「うーん……なんか体が潮くさい気がする」

すんすんと自分の手の甲を嗅ぐ七笑《ななえ》。

リゾートビーチは【運命のゲーム】内にある舞台装置だが、ほぼ現実と変わらないような体験ができるため身体《からだ》が錯覚してしまう。ばさばさっと髪も軽く払う。

「最後も頭から砂に突っ込んだしなぁ、髪に砂混ざってるような気が」

「あ」

隣を歩くまりあが、スマホを操作しながらつぶやいた。

「え？　まさか本当に砂出てきた？」

「じゃなくて。瑛峰《えいほう》のこと調べたら、なんかなくなってる」

「なくなってる？」

「そんな学校、最初からこの世になかったことになってる」

七笑も自らのスマホで確認する。

名門お嬢様校であるはずの瑛峰女子は、インターネットから、実際の土地から、そして歴史から消え去っていた。存在そのもの、その痕跡の一切さえも。

「今回はそういう感じか。黒《くろ》マスクちゃんが瑛峰に進学できない運命になったっていうことなんだろうな……たぶん。学校がなくなれば進学もなにもないわけだし」

「理屈は通ってるかもだけど……すごい大味」

「まあ、よくわかんないけど多分ね。現実もあっけないもんだよな」

「ＧＭなのに無責任だなぁ」

「仕方ないんだって。私は願いを叶《かな》えるためのショーを作ってるだけで、失敗した場合の世界がどうなるかまではわからないんだよ」

七笑はスマホをポケットに突っ込みながら続ける。

「あと滅んでいいだろ、教師ぐるみで賭場開いてる学校なんて」

「それはそう」

「そんなことより黒マスクちゃんだよ……主演女優候補だったのにな〜……」

思い出して、落胆のため息をひとつ。

「おしりとか下半身すごい気にしてたのに。あんな触れ方したらそりゃあ」

「違くて！　シルエットって舞台映えするのに大事な要素なんだよホントに！　逸材だと思ったからこその積極的な勧誘で……」

ぐちぐちと弁解を繰り返しながら角を曲がる。

赤い絨毯《じゅうたん》の敷かれた広々とした地下劇場のロビーに出る。

通常の劇場としての運用はされていないため薄暗くがらんとしている。ラグジュアリーな照明も今はガラクタと化しており受付とクロークは当然無人。端には宅配ボックスがあるのみだ。

その宅配ボックスの上になにかがちょこんと置かれている。

「？　なんか届いてるよ？」

「あっ、今度こそ置き配のやつ」

まりあが近づいて手に取るとそれはビニール袋に入った横長の箱だった。持ち手も付いているそのパッケージは有名なドーナッツショップのものだ。

「ミスドだ！　ねえ、中見ていい？」

「いいよ」

返事をしながらいつもの個室ラウンジへと向かう。

扉を開けるなりまりあはミスドを抱えてうきうきで飛び込んだ。ソファに陣取ってテーブルの上で開封。宝探しを始める。

「ココナッツチョコレートだ！　ポン・デ・リングの黒糖もある～♪　ん、オールドファッション押さえてるのも熱いね……」

かなりいいチョイスだった。

ツボを押さえたドーナツの種類を確認していって、まりあは気づく。

「まりあの好きなドーナツばっかり」

「うん」

「どうして？　なんかあったっけ？」

「なんかって」

七笑《ななえ》は隣に座りながら平然と告げた。

「まりあが正式なアルバイトになったじゃん」

「……あー」

まりあはテーブルに広げていたミスドの箱を持ち上げた。

そこには思いっきり下敷きになった履歴書や諸々《もろもろ》の書類があった。ショーの前には確かにそんな話をしていた。

「え、つまりこれってサプライズ？」

「そんな大げさなもんじゃないけど、ささやかなお祝い。一緒に食べよ？」

「はぁー……」

感心したようなため息を吐きつつ、大掛かりなマジックでも披露されたかのように七笑とミスドの箱を何度か見比べるまりあ。そして腕組み。

「へぇえ〜……」

「どういう感情だよそれ……喜んでるの？」

「驚いてるの。あんなノンデリ全開のショーを見た直後なんだもん」

「だから違くてぇ……あー、もう一回チャンスくれないかなぁ……」

再びぐちぐちと言い訳を始める七笑《ななえ》。

まりあはミスドの詰め合わせを見つめて……

「なえちゃんってば、たまーにこういうことするんだから」

誰にもわからないくらいわずかに口角をあげて、ささやくようにつぶやいた。

「もう、仕方ないなぁ」

「あん？」

「なえちゃんの舞台の主演女優、まりあがやってやるか」

「………………」

唐突なまりあの宣言を聞いて七笑は沈黙した。

「え、なんで無言？　感動するところじゃない？」

「いや、だって……」

無防備だったところを突かれたように戸惑って、思いついた言葉を放つ。

「まりあって演技経験あるの？」

「ないよ？」

「だよね」

「これからどうとでもなるでしょそんなの」

「まあ、そうかもだけど……」

「すごいじゃん。舞台作家と主演女優が揃《そろ》ったらもう無敵でしょ」

そう言いながら立ち上がって、まりあはバーカウンターへと向かう。

「せっかくミスドあるしミルクココア作ろっと♪」

「あれ、ココアならさっき……」

テーブルには一切口をつけていないであろう冷めたココアが残されていた。

「飲んでないし……」

「ポーション使ったでしょ？　あれおいしくないからダメ。次からは森永の粉から練ってシナモンスティックとマシュマロ二個入れてね」

「いちいち覚えてらんねぇ～……」

「ほら、なえちゃんもこっち来て手伝って。一緒に食べるんだから、一緒に準備」

バーカウンターから手招きをするまりあを見て
「……言い出したら聞かないんだよな、まりあは」

七笑は大きくため息をついた。

そしてゆっくり立ち上がると、まりあのいるバーカウンターへと向かっていった。

Data　高2　4月26日

- まさかの紫村六段！
- ビジュがとてもよい、センスもよい、キャラ立ちもよい
- でも性格は私と合わないかも

新宿《しんじゅく》のとある病院。

清潔な白い診察室には女医と、ギプスで固定した左腕をアームスリングで吊《つ》り下げている制服姿の七笑《ななえ》が向かい合って座っていた。

「体育の授業中に転倒ね……結果から言えばあなたは骨折」

眼鏡をかけた中年の女医はカルテを見つめて告げた。

「正確にはヒビだけど、きれいに入ってるからそのまま固定しておけば大丈夫。最初の二週間は無理せず安静にね。一ヶ月くらいで完治すると思うから」

「一ヶ月……」

意外とかかるな、と七笑は思った。

「お風呂に関しては痛みが酷《ひど》いときは控えて、濡《ぬ》れた布で体を拭いてね。入る時もギプスをビニールとかで被《かぶ》せて濡れないように」

舞台でなにが起きようと無敵のGMだが現実の怪我《けが》はどうしようもない。しばらくは左腕を吊りながらこの痛みとともに舞台に立つことになるだろう。

しかし、だからといって腑抜《ふぬ》けたショーをやるつもりはなかった。

「あの……」

七笑は顎に手を当て、真剣な顔で質問した。

「安静っていうのは、マラソンくらいなら大丈夫ですかね？」

「もちろんダメよ？　あれも激しい運動だから」

考えていたショーのネタのひとつが早速潰されてしまった。

「それじゃあ……やっぱりダンスとかもダメ、ですよね？　アイドルのステージでバクメンとして踊ることもあるので、可能なら許可してほしいんですけど……」

「当然許可できないけど……というか、あなたアイドルなの？」

「違います。でも一ヶ月の間でやる予定があって……」

困ったことになったなと考えながら続ける。

「骨折は初めてで、どれくらいのことが可能なのかよくわからなくて……」

「初めてなら不安よね……ごめんなさい、ちゃんと言わなかったわね。骨折の場合は基本的に運動全般を控えてもらいたいの。日常生活も穏やかに過ごしてね」

「運動を控える……車の運転もダメです？」

「あなたは十六歳よね？　運転はできないはず……」

「そうなんですけど、私有地で運転みたいな？　アイドルも似たようなもんで、他にもいくつか聞きたいことが……あ、そうだ。銃って撃ってもいいですか？」

「は？　銃？」

予想外の質問に女医は面食らう。

「それは、サバイバルゲームみたいなこと？」

「いや実銃です。ショットガンは無理そうだけど、サブマシンガンくらいはせめて。ハンドガンだとこう、どうしてもアクションシーンが弱いと思うんですよねぇ……」

こほんと咳払《せきばら》いで遮られてしまった。

「……どういった種類のサバイバルゲームであろうと」

「いえ、だから実銃で」

「実銃の発砲であったとしてもっ、医師として許可することはできません。最初の二週間は特に絶対安静にしてもらう必要があります」

今までになく強めにぴしゃりと言い切られてしまう。

「……あ！　それじゃあ」

しかし、ひるまず身を前に乗り出してこう続けた。

「宇宙っていうか、無重力空間に行くくらいなら問題ないですかね？」

女医は笑顔のまま固まると、机に向かってなにかを書き始めた。

✲

✲

✲

「他の病院紹介されちった……」

靖国《やすくに》通りを歩きながら七笑《ななえ》はぼやく。

女医から渡された紙を眺めると、別の病院の名前がいくつか並んでいた。

「だって骨折ったの生まれて初めてで不安だったし、【運命のゲーム】の説明できるわけないし、ああやって聞くしかないんだもん……」

ちなみにさっきの病院が学校から一番近いため他を頼る気はそもそもない。担当してくれた女医も優しかったし。最後はちょっと怖かったけど。

紙は制服のブレザーのポケットに入れて、なにより目下の悩みは金だ。

「予想外の出費すぎる……今月お母さんにチャージしてもらったｓｕｉｃａ《スイカ》最速でなくしたのがバカすぎたな……五千円くらい入ってたのに……」

過去の自分を呪う。

五千円あれば治療費に充ててもおつりがきた。

「どこで落としたんだろ。探してるんだけど見つからないんだよな～」

ぼやきながら歩を進めていると、すぐにバイト先の建物は見えてきた。

歌舞伎町《かぶきちよう》エンターテインメントスクエア。

再開発の進む新宿《しんじゆく》歌舞伎町に建設された最も新しい高層建築物だ。歌舞伎町の空を擦るかのように天に伸びており、地下から頂上まであらゆるアミューズメント施設が詰め込まれたエンターテインメントに特化した超大型施設となっている。

正面のエントランスから入る。

内装は赤と黒を基調としたラグジュアリーなもの。中央にはカーテンのように水の幕が揺らめく噴水、その周囲に点在する足の細い頼りなさげなテーブルたちをすり抜けてエレベーターホールに向かう。

そこには見知った顔がいた。

「お、まりあ」

スマホをいじっていた制服姿のまりあが、こちらに気づく。

「なえちゃんだ」

右手を振って応じると右肩だけで背負っていたリュックがずり下がる。背負い直しながら近づいていく。

「まりあもう来てたんだ？　地下行くなら一緒に……」

話しかけるが、まりあはなぜか目を合わせてくれなかった。

「？」

まりあの視線は一点に集中していた。

七笑《ななえ》の骨折した左腕に。

「それって」

「ああ、体育の時にこけて折った」

「骨折してる。ウソでしょ……ふふっ」

まりあは次第に顔を綻ばせて、やがて身を震わせてくすくすと笑い始めた。

「ほ、骨折ってる……あはははっ！　もう、笑わせないでよぉ」

「勝手に笑ってるんだろ……てか私が骨折れてることの何が面白いんだ」

「だって《台本》読めるのに。この先の運命とかわかってるはずなのに骨折るんかーいって思っちゃって」

「だってハードル走だったし……」

「『運命が始まるよ』とか決め顔してるのに……くくっ」

「笑いすぎだろ！　《台本》は自分の項目はなんか読めないし、私が閲覧できる箇所なんて極々一部なんだよ！　隅々まで読めるなら今頃ドバイに住んでるから！」

「あー、それはそうかも」

ようやく笑いの収まったまりあはギプスを軽く撫《な》でながら尋ねる。

「それで、大丈夫そ？」

「今夜のショーは平気。もともと私が出てアクションするやつじゃないし。思ったほどの痛みでもないし、普通にやる」

「それじゃあ配信枠立てておくね……なんか、なえちゃんと地上の階で会うのって珍しくない？」

「あー、いつもは地下にチャリ停《と》めてそこから直接……」

言いかけて気づく。

「あっ、チャリ忘れてた！　病院行く前だから……学校置いたまんまか。ならいいや」

「なえちゃん自転車通学だったよね。おうち、新宿《しんじゅく》から近いの？」

「家は清澄白河《きよすみしらかわ》だよ。でもしばらくは電車だなー」

「清澄白河……？」

予期しない地名が出てきてまりあは思わず聞き返した。

「うん、大江戸線《おおえどせん》の」

「隅田川《すみだがわ》の向こう側だよね？　あそこから自転車？」

「そんな遠くないよ」

「どれくらいかかるの？」

「ゆっくり走って一時間くらい？」

「遠……」

「チャリなら電車賃浮くじゃん。大変なの九段坂《くだんざか》くらいだし」

「なえちゃんってたまに小学生男子だよね」

「新宿のＪＫなんだよなこれでも」

会話をしているうちにエレベーターの到着を告げる音がホールに響く。

朱色の切子細工のようなエレベーターに乗り込むと、二人を乗せた密室はゆっくりと上昇を始めた。

「あれ？　まりあ上押した？　地下じゃなくて？」

「ちょっとコンビニ行きたくて」

この建造物は三階までが吹き抜けになっており、各種コラボを行うカフェや飲食店、アンテナショップ、プライズコーナーなどがそれらを取り囲んでいる。七笑《ななえ》たちが専ら世話になるのは三階の隅にこぢんまりと並ぶ従業員向けのコンビニやＡＴＭの方だが。

「ちょうどいいや。ゼリー飲料とか買ってごはん済まそっと」

「左手使えないとごはんも大変だね」

「利き手は使えるから平気っしょ。まりあ何買うの？」

「ゴミ袋買う」

「へー、掃除でもすんの？」

なんの気なしに返事をする。

「……掃除……？」

自分で言った言葉を繰り返して思い出した。

「あっ！」

「バーカウンターの」

「待って！　違うのまりあ！」

「まだなにも言ってないけど」

「そんなにあわてないで。落ち着いて話しよ？」

「まりあは落ち着いてるよ」

「違うんだってホント……逃げるつもりもごまかすつもりもなくて……」

「なんのこと？」

「もちろん、掃除のこと……私が散らかしっぱなしでバーカウンターの中とんでもないことになっちゃったから……」

「……ま、それは本当にそうなんだよねぇ」

まりあは小さくため息をひとつ。

エレベーターパネルから離れて、ゆっくり近づいてくる。

「なえちゃんはなんでも冷蔵庫に入れておけばいいと思ってるし、液体はなんでもシンクに流して捨てればいいと思ってるもんね」

「え、ダメです？」

「ダメだよ？　ついでに言っておくとソファの隙間にゴミ押し込むのもダメだしウェットティッシュでコップを拭いても洗ったことにはならないから」

「あー……」

「毎日そんな調子で掃除当番もショーの準備で言い逃れするから『今度こそ絶対本気出し

て徹底的に掃除する』って、まりあと約束したんだもんね？」

七笑《ななえ》よりも少し高い背を曲げて、まりあは顔を覗《のぞ》き込んできた。

じっと上目遣い。

美しい顔立ちが圧にもなることをよく心得ている。

「その約束の日が今日だったはずだけど……」

「いやぁ……」

もはやギプスをさすりながら曖昧に笑うことしかできない。

「さっきなえちゃん見た時、あんまりにも掃除したくないからわざと骨折ってきたのかと思って笑っちゃったもん」

「ぶっ飛びすぎだろそんなやつ……いや、腕折ったのは本当、不徳のいたすところ……」

釈明をしようとしたところで、まりあはすんなりと離れてくれた。

「ま、今回はまりあが掃除してあげるからいいけど」

「えっ……いいの？」

「さすがに今のなえちゃんに頼むのはね」

ポーン、と到着音が鳴ってエレベーターはゆっくりと停止する。

まりあは三階に降り立ち、先へと進んでいく。

「でもお手伝いはしてもらうよ」

「それはもちろんだけど……うわ～、ガチ助かる……！」

心からの声を上げながらその後をついていく。

スクエア型の吹き抜けから一階の大きな噴水を見下ろしつつ、美術館のような回廊を二人は進む。

「さすがまりあ！　やっぱりまりあがいなきゃうちはまわらないな～」

「うん、知ってる。まりあが配信と雑務やってるおかげだもんね」

「ほんとそれ！　配信枠立ててくれたり機材の充電やってくれたり、そういうのめっちゃ助かってるもん！」

「実は掃除も昨日からやってたんだよね。冷蔵庫の中とか」

「え、まって。惚《ほ》れちゃいそう……確かに、あれは一日じゃ片付かないもんね」

「それもあるけど……」

まりあは平坦《へいたん》な調子のまま続けた。

「なえちゃん、絶対約束忘れてるだろうと思ってたから。ゴミ袋ってワードが出てようやく思い出してたし。まりあの読みは正解だったな～」

「ッスー……」

ほぼ『最初から信用していない』という意味の剛速球が投げ込まれ、思わず歯の隙間から息を吸った。

まりあの機嫌はあまりよろしくないかもしれない。

ここからリカバリーを考える必要がある。まりあを怒らせると恐ろしいことは試用期間中に骨身に染みているのだから。

「え〜っと……」

周囲を見回せばカフェや飲食店の並ぶエリアだった。

ランチタイムから外れているためそれほど混雑はしていない店舗の中から、おあつらえ向きの店を見つける。

「あ！　スタバの新作が出てるよ、まりあ！」

テンション高めに女子っぽくチューンした声で呼びかけた。

店の前の黒板には緑のロゴの入ったカップに山のようにクリームが盛られたチョークアートが描かれている。

「ふうん？」

まりあは立ち止まる。

「新作はストロベリーだって！　気になるよね？　私がおごったげる！」

「え、おごり？　なんか悪いな〜」

「え、全然気にしないで！　むしろ遠慮とかされたら困るし」

「そお？　でもな〜」

「たまにはこういうのいいかなって思うし、まりあフルーツ好きでしょ？　苺《いちご》ってなんかいいよね、春らしいっていうの？　一緒に季節感感じよ！　あ～なんか話してたらスタバの口になっちゃった！　どれにしよっかな～」

「そこまで言うなら。カスタムでミルクだけ変えようかな～」

「うんうん！　好きに頼んでいい……あっ！」

盛り上がってきたところで、最悪のことに気が付く。

「やば、そういえば私さっきの病院で金が……！」

「それなら心配ないよ」

そう言ってまりあが取り出したのは交通系ＩＣカードだった。自分が貼った犬のステッカーがあるので間違いない。

「私のｓｕｉｃａ《スイカ》！」

「やっぱりそうなんだ」

まりあは取り出したカードをしげしげと眺める。

「ど、どこにあったの？」

「冷蔵庫の中。昨日掃除してたら見つけて」

「そんなところに……」

いつの間にか食べ物と一緒に押し込んでいたらしい。どうりで見つからないわけだ。

「なえちゃん電車通学じゃないのにおかしいなって思ってたけど、納得。これは普通のお買い物用なんだね」

「あー……それはそうなんだけど……」

小遣いとしてもらったので親からの追加融資はもう頼めないこと。

これから骨折の治療費とそれにまつわる雑費の負担があること。

それらをどう伝えるか頭をひねるが……

「なえちゃん、なんでも頼んでいいって言ったもんね？」

まりあの圧のある笑顔を前にして、首を縦に振ることしかできなかった。

＊　＊　＊

買い物を済ませた後、二人はオープンカフェの席についた。

テーブルには山盛りのクリームに真っ赤なストロベリーソースがたっぷりかかった飲み物、というよりパフェに近いサイズのカップがふたつ並んでいた。

「新作ふたつ頼むんかよ……」

「味確かめたくて」

まりあはそのうちのひとつに口をつける。

味わいつつふむふむと頷《うなず》くと、続けざまもうひとつの方も確認する。

「ん、ホワイトチョコのほうが好きかなー」

ホワイトチョコ入りを自分の手元に引き寄せると、もう一方を七笑《ななえ》へと押しやった。

「こっち、なえちゃんにあげるね」

押し付けられたドリンクを眺める。

「……スタバ飲むの、たぶん人生で三回目とかだわ」

「新宿《しんじゅく》のＪＫなのに」

「生クリーム系の甘いやつ苦手なんだよね……」

「あ～、そこは解釈一致かも」

七笑は押し付けられたストロベリーソースと生クリームの塊をストローで吸い込む。

芳醇《ほうじゅん》な苺《いちご》の果肉にダークチョコレート、クラッシュされたナッツの香りもして味は文句なくおいしい。こういうのは新鮮に味わえている初速で片をつけるしかない。

もう一口勢いよくすする。

「うう、もう甘いのお腹《なか》に入らないよぉ……」

次に出たのは泣き言だった。

二口でギブだった。

「捨てちゃダメだよ、もったいないから」

「わかってるけど……」

「ん～♪　この新作、今までで一番おいしいかも」

まりあは存分にお気に召したようだった。

ホワイトチョコの新作はぐんぐんと減ってあっという間に空になり、ダークチョコの新作もようやく三分の一を残すのみとなった頃……

ふっと施設内が暗くなり、ムーディーな色合いのライトに切り替わった。噴水にもネオンが足されて夜の雰囲気に寄せられる。格子で区切られたガラス越しに外の様子を見れば黄昏時《たそがれどき》を迎えていた。

「人増えてきたね」

「これから稼ぎ時だから。上のいろんなとこ」

この施設の四階より上の階には映画館、舞台劇場、コンサートホールにライブハウスなどなどあらゆる娯楽にまつわる施設が詰め込まれている。ここは新宿における娯楽のランドマークとして打ち出すために建設されたとかなんとか……七笑はなんとなく聞いた文言を思い出す。

「やっぱりいいハコだよな～。ライブも音響いいし。いつかここで自分の舞台がやれたら理想だな……」

「なえちゃんって、ずっと舞台がやりたいって言ってるけど……」

なんとなくまりあは尋ねた。

「どうして舞台、演劇なの？　きっかけっていうか」

「あー……」

そういえばまりあには話していなかったような気がする。

避けていたわけではなく単に今までそういう話題にならなかっただけで。

「なんていうか、面白い話じゃないよ」

「あ……もしかして、あんまり聞いちゃいけないことだったり？」

「いやシンプル面白くないっつか、笑いどころとか盛り上がりとかなんもないから」

「別にいいよ。雑談ぜんぶ面白くても変でしょ」

「えー……本当になんもないよ？　単に、中学生の頃に舞台を観《み》て……」

面白かったから、と言おうとして、やめた。

そうまとめてしまうのは適切ではない気がして。

その時のことを思い出しながらもう少し言葉を探すことにした。

「んー……私、中学の時に不登校の時期があってさ。深夜めっちゃ出歩いてたから朝眠くてそのまま休んだりとか多くて……」

「あ、結構ヤンチャな……」

「違う違う！　繁華街じゃなくて……なんていうか、人のいないところ」

「人のいないところ？」

「深夜のビッグサイトのまわり散歩したり、お気に入りのパン屋のシャッター下りてるとこ見にいったり、誰もいないビジネス街のコンビニ覗《のぞ》いたり……あとは駅の地下道とかコインランドリーとか」

「……それは、なにをしに？」

「確かめに。夜はさ、世界が違うことしてるかもしれないじゃん？　ビルがこっそり違う形になってるかもとかあの世の客にベーコンエピ売ってるかもとか……そういうの考え始めたら確かめたくなっちゃって。深夜に自転車で見に」

はあ～と大きなため息が返ってくる。

「まりあ、そんなこと考えたこともないや……」

「親も困ってたんだろうねー。漫画とかゲームとか買ってくれたけど、どれもピンとこなくて……その中にあったのが舞台のチケット」

「それが出会いだったんだ」

「うん。最初は全然興味なかったけどね。あの板の上で全部やるとかだいぶ無理あるだろって思ったし」

カップの中身をストローで混ぜながら続ける。

「しかも始まってみたら登場人物はたった一人で、内容も雑で粗くて。あとＢＧＭがフリー音源で聞いたことあるやつでさ、金ないんだなーって思った」

「あー、それは気が散っちゃうかも」

「でしょ？　素人の私でも突っ込めちゃうくらいなんだけど……でもその主演の女の人だけはすごくよかった。演技というか、存在感とか雰囲気が」

「へえ……」

「舞台なんて明らかわざとらしいものが本物に見える瞬間があって。その時だけ本当に、冬の日の、尾道のフェリーのりばだったんだよ。風が強い日でいつまで待ってもフェリーが来なくてさ」

ぶるぶるっと体を震わせると、まりあは笑ってくれた。

「ほんとに寒かったんだ？」

「一瞬だけね。なんにもない板の上に、観《み》てるだけでぶわ～って世界が想像できちゃうみたいな……あんなの初めてだったな」

今でも語ると鮮明に思い出せる。

自分にとってはやはり転機だったと思う。

「そんでいろんな舞台見たりシナリオ書いたりするようになって……その時くらいから深夜に世界を確かめにいかなくても大丈夫になった。たまにはやるけどね」

「そっかぁ……」

思ったよりも柔らかい返事がきた。

もしかして、言葉が足りず自分勝手な内容を話していただろうか。

まりあの反応が薄めなのもあっていまさら照れくさくなる。ストローを口に運ぶ。底のシロップの甘さで脳が痺《しび》れた。

「言ったでしょ、面白くない話だって」

「いいなぁ……いいじゃん」

まりあは大きな瞳でじっとこちらを見る。

「すごくいい話じゃん」

「そうかな……？」

「なえちゃんってちゃんと舞台少女だったんだね」

「私のキャラじゃなさ過ぎるなその単語……そんで、舞台関係のアルバイト探してここの募集に飛びついたらとんでもないとこだったたっていうのがオチね」

「ふふっ、ちゃんと面白いオチあるじゃん」

「ここはいろんなショー作れてちょうどいいけどね。それだけは満足」

「満足してることなら、もう一個あるでしょ？」

まりあはえへんと胸を張って続けた。

「まりあっていう主演女優だって見つかったんだから」

その言葉に、即答はできなかった。
わずかな間を挟んで言葉を発しようと息を軽く吸ったところで、
リンゴーン
とフロアに鐘の音が響き渡った。続けて流麗なアナウンスが現時刻を教えてくれた。
「げ、もうそんな時間？　ショーの準備しないとまずいな」
「だべりすぎちゃったね。いそがなくちゃ」
二人はテーブルをざっと片付けて、慌てて地下劇場へと向かった。

＊　＊　＊

地下劇場、メインステージ。

緞帳《どんちょう》の前に佇《たたず》む七笑《ななえ》がスポットライトで照らされる。

「さあ、今宵《こよい》も【運命のゲーム】開演といこうか。ＧＭは七笑が担当するね」

左腕を吊《つ》るしながら、いつもよりややぎこちなく一礼。

いつものモッズコートだと少し重いので今日はピンクのラインが入った軽い黒のパーカーを羽織っているだけだ。

「【運命のゲーム】は人生を賭けて運命を勝ち取る劇場型リアリティショー……ゲームに

挑んで勝利を目指せ！　神様の胸倉掴《つか》んでキラキラな運命取り立てちゃお☆　っていう配信でーす……よっと」

口の滑りはいいが片手だとタブレットがうまく取り回せない。

どうしてももたつくので手近な机に乗せて操作することにした。ようやく進行が可能になる。

「骨折してて草」

落ち着いた、というよりダウナーな声が割り込んできた。

着物姿に黒髪ボブカット――――淡黄色の薔薇《ばら》の散る深い緑の布地と、インナーカラーの紫とのコントラストが鮮烈な――――和装ゴシックを身に纏《まと》う女だった。

「その腕でＧＭって務まるー？」

「お気遣いどうも。痛みとかはそんなに」

「そうじゃなくて、まともなショーできるの？」

赤紫のグラデが入ったネイルチップを眺めながら続ける。

「【運命のゲーム】の配信見てるけど、ＧＭさんってたまに捨て回やるよねー？　気合い入れてないやつ丸わかりの退屈なショー……せっかく挑戦するのにあたしの回が捨て回なんて困るからさー」

「……心配は無用だよ。ショーの一切は滞りなく」

七笑《ななえ》はぴくっと眉を引きつらせつつ、GMとしての進行を忘れない。

「挑戦者の紹介がまだだったね。プレイヤーネーム、銀獅子《ぎんじし》ちゃん」

「紫村呪理《しむらじゆり》」

被《かぶ》せるように告げる。

それは銀獅子ちゃんの本名だった。

「いいの？　本名言っちゃって」

「言っちゃまずかった？」

「こっちとしては全然。自分から言うのは珍しいなってだけ」

「どうせあたし顔バレするし」

「ごもっとも」

タブレットで配信を確認するとかなりの賑《にぎ》わいを見せていた。ここ最近では一番の盛り上がりといえるだろう。銀獅子ちゃんの知名度によるものなのは間違いない。

「それじゃあ聞かせてもらうよ。銀獅子ちゃん、あなたの望む運命は？」

「将棋の才能を」

テンションの変わらない、しかし迷いのない一言だった。

「神様も投了させるくらいの将棋の才能がほしい。どうしても勝ちたい相手がいて」

「……ひとつ、質問しても？」

「『誰に勝ちたいの？』っていう質問ならナシね。陳腐すぎて」

「そうじゃなくて……将棋、自分の力で強くならなくていいの？」

「ふふっ」

鼻で笑われた。

「こんなところに来るようなやつにそんなこと聞くんだ？」

「まあ、視聴者のためにこういう質疑応答も必要で……と言いたいところだけど今回は私の興味も大きいかも」

「興味？」

「銀獅子《ぎんじし》ちゃんが挑戦者に登録された時、結構びっくりしたんだよね。ここ最近の挑戦者の中じゃ一番のビッグネームだし」

「あー……もしかしてＧＭさんって将棋ファン？」

「タイトル戦の中継たまに見るくらいには」

「じゃあ知ってるんじゃない？　いつもインタビューとか大盤解説でなんて言ってるか」

一拍置いて続ける。

「あたし、将棋なんて別に好きでもなんでもないんだよね」

特に誇張もなく、自嘲もなく、いたって普通に述べた。

ごく自然な言葉だった。

「これ言うとまた炎上狙いとか言われるけど、別に、どこでも同じこと言えるから」

「……なるほど」

それを聞いた七笑《ななえ》の返答は静かなものだった。

「ショックだったらごめんねー？　これでダメとかある？」

「まさか。ここは運命を手に入れる場所。お願いを拒否なんてことはしないよ」

机のタブレットをタッチペンで操作する。

「このゲームに勝てば銀獅子ちゃんは人類では到達し得ない将棋の才能を得る。ただし負けた場合どういう変化が起きるかは私にもわからないけど……」

「いいよ。覚悟ならもう決めてるし」

「おっけ。それじゃあ早速スタートだね」

片手で手早く【運命のゲーム】を実行した。

緞帳《どんちょう》が上がり、光が溢《あふ》れ出す。

＊　＊　＊

「……っ」

銀獅子ちゃんの頬《ほお》を風が撫《な》でる。

ひんやりとした空気に混じる砂埃《すなぼこり》の匂い。

光は次第に弱まってきて視界が開けてくると、曇天の下に塔が見えた。

『あーあー、聞こえる？』

「ん、聞こえるー」

いつの間にか耳元に装着されていたインカムを押さえて答える。

『これは銀獅子《ぎんじし》ちゃんの覚悟を試す塔』

「覚悟……？」

『各階にいる門番を打ち倒して上っていってね。頂上に到達することができたら、銀獅子ちゃんは将棋の才能を得る……わかりやすくていいでしょ？』

「ふうん」

『ただし、門番は奇々怪々なる化け物ばかり。人知を超えた魑魅魍魎《ちみもうりよう》の百鬼夜行……果たして攻略することができるかな？』

七笑《ななえ》の煽《あお》り文句には特に反応しないまま返す。

「ようするに、死亡遊戯ってこと？」

『ブルース・リーのね。話が早くて助かるな』

受け答えをしながら銀獅子ちゃんは歩を進める。

「ルールはわかった。疑問があったらインカムで聞いていい？　後から違反ですとか言われてもうざいし」

『いいよ。私との会話で解決できるようなことはないと思うから。あと、その和服は勝負服だろうからそのままにしたけど』

「ありー、こっちのが気合い入るし」

観音扉の目の前に立って銀獅子ちゃんはぐっと扉を押す。思ったよりも軽く、小さな悲鳴とともに開く。

「正直どんなゲームがくるのかなんとなく見当ついてるんだよねー。将棋モチーフのなんかでしょ？」

銀獅子ちゃんは塔に足を踏み入れる。

「GMさんには悪いけど、素人の作った底の浅いゲームに負ける気はないから」

軽やかな宣言とともに正面に視線をやる。

そこには弓を構えた骸骨の武者がいた。

「は？」

骸骨武者は緩慢な動きできりきりと矢をつがえて……銀獅子ちゃんに放った。

「っ！」

慌てて身をかがめてそれを回避する。

ダンッ

と力強い音が聞こえた方を見やれば、扉にしっかりと矢が突き刺さっていた。

「……ちょっと待った」

声を震わせながら続ける。

「ゲームって、こういう系なの……？」

銀獅子《ぎんじし》ちゃんは、そこで初めて自分の思い違いに気づいた。

「GMさ～ん？　聞いてないんですけど～……！」

『言ってないよ、ジャンルは一言もね』

「もしかしてふざけてる？」

『むしろ魑魅魍魎《ちみもうりょう》の百鬼夜行と言ったし』

「比喩表現でしょそれは」

『不幸な捉え違いだね』

GMはクレームに取り合うつもりがないらしい。

「あのね。棋士なんていう明らか頭脳戦が得意な、しかもあたしみたいにテンション低空飛行な人間を、ガイコツと戦わせて面白いわけが……」

『そんな。卑下しないでほしいな』

待ってましたと言わんばかりに七笑《ななえ》は続けた。

『ダウナー系美人棋士がひいこら言って戦う姿は絶対に面白いから、自信持って。捨て回と思われるような退屈なショーにはならないはずだからさ？』

「こいつ……っ」

きちんとやり返され、銀獅子ちゃんは歯ぎしりした。

『各階にある武器は自由に使用して構わないよ。説明はそんなところかな』

「いや話はまだ終わって……」

抗議を続けようとした途端、突如として暗闇に襲われる。

壁に備え付けてあった灯籠から一気に光が消えたのだ。

「!?」

『ありえない才能を求めるのなら、相応の覚悟が必要になるよ』

「ちょっと待っ……」

銀獅子ちゃんの言葉をかき消すように、暗闇を切り裂いて再度矢が放たれた。

＊　＊　＊

七笑はいつもの個室ラウンジに戻る。

バーカウンターと対角線上にある壁際のまりあに近づいていく。

床に置かれたタワー型ＰＣと白いオフィスチェア、Ｌ字デスクの上に並ぶゆるキャラらしきぬいぐるみはデュアルモニタの光に照らされている。それらに取り囲まれたまりあは視線をモニタから外さないまま、丸っこいキーキャップのキーボードとぺたんとしたマウスを迷いなく動かしている。

「まりあ、配信の調子どう？」

「んー……同接多いからちょっとサーバー重いかも。それくらいかな」

操作を終えると、セルフレームの眼鏡の位置を両手で直した。まりあは作業に集中する時のみ眼鏡をかける。

「なえちゃん、こっちで観戦パターンだよね？」

「そ。今回は私が仕切るような内容でもないから。銀獅子《ぎんじし》ちゃんの様子は？」

「えっとね〜」

まりあがマウスを操作して、ひとつのウインドウを拡大する。

そこには銀獅子ちゃんがうずくまりながらインカムに叫び、やがて地面に叩《たた》きつける映像が映し出されていた。

「こんな感じ」

「銀獅子ちゃん、本人はダウナーなんだけど棋風は暴力的なんだよな」

耳元に装着していたインカムからがつっと派手な音がする。床に叩きつけられた音がラグで届いたのだろう。もう意味がないので取り外すことにした。

「対応しなくていいの？」

「こんなのに頼らなくてもなんとかするでしょ、百戦錬磨だからあの人」

「さすがに化け物相手は初めてだと思うけど」

「それに、説明はしたから」

まりあは長い人差し指を顎に当てて記憶を探る。

「ブルース・リーがどうのっていう……？」

「それも言ったけど……大切なのは『ありえない才能を求めるのなら、相応の覚悟が必要になるよ』ってところね」

部屋の中央からスツールを持ってきて、そこに腰を下ろした。

「さて、それじゃあ期待してるよ」

まりあの隣で頬杖《ほおづえ》をかいて画面を覗《のぞ》き込む。

「盤上の嵐、銀獅子ちゃんの暴れっぷりを」

＊　　＊　　＊

バギッ
銀獅子ちゃんは地面に叩きつけたインカムを、ブーツの厚底で思い切り踏み潰した。

「ファン名乗るなら最初から敬語くらい使えっつーの……」

次の瞬間、銀獅子《ぎんじし》ちゃんの足元をなにかがかすめる。

続けてタンっと何かが刺さる音。

暗闇に少し慣れた瞳で、それが床に刺さった矢だということは認識できた。

（ふざけるなよ……）

呼吸を整える。

どうやらあの骸骨武者と戦う以外の道はなさそうだ。まずは現状の整理を。

（今の矢……）

最初の一射から考えると次第に狙いが正確になっている。暗闇なのだから当然音を頼りにしているはず。

ならば自分も音を頼りに相手の場所を見つけ先手を打つしかない。

（あのクソＧＭ、各階に武器があるって……）

暗闇の中で探すのは至難だが、壁際を伝って探していけばなにかしら見つけることができるはず。ゆっくりと動き出す。

音を立てて相手にこれ以上情報を与えるわけにはいかない。そろりそろりと壁際をすり足で移動してすぐのことだった。手に何かが触れる。

からんっ

そして暗闇に響く落下音。

（まずい……！）

慌てて屈《かが》み込《こ》みつつ、床を探ると棒状のものがいくつか確認できた。矢だ。

壁際に飾られていた矢筒を叩《たた》き落《お》としてしまったのだろう。思ったより親切なアイテムの位置が逆に仇《あだ》となった。

ヒュッ
再度、闇を裂く音とともに矢が飛来する。

それは銀獅子ちゃんの鼻先をかすめて壁に突き立った。狙いは正確になっている。残された猶予はもうわずかばかりだ。

（矢があるなら近くに弓があるはず……！）

壁に手をやるとすぐに目的のものは見つかった。

しかし劣勢だ。

相手は位置が絞れ始めているのに比べ、ようやく武器を手にしたばかり。相手の方が手が早い。無理でも無茶《むちゃ》でも当てずっぽうでも、弓を構えて矢を射るしかない。

（思ったよりも硬い……！　引けるかこれ……）

想像よりもはるかに硬い弦を無理に引き絞って弓を構える。

弓の経験などはない。構えもなにもかも見様見真似《みようみまね》だ。それでもやるしかない。

（相手の……相手の場所、なんとなくしか分からないけど……）

矢が飛んできた方向を見やる。

その暗闇を見通すように、深く深く見つめる。

（基本中の基本。相手の行動をとことん読みきらないと勝ちはない。行動の先を読んで、そこを叩《たた》くしかない……読め、読め、見えろ、見えろ……！）

その時……


「――――――――――痛っ？」


すうっと、銀獅子《ぎんじし》ちゃんの額に赤い線が一文字に引かれる。

じわりと血が垂れて肉が盛り上がると、額の線は上下に開かれて、瞳が開かれた。

額の瞳から見えるのは骸骨武者の動きだった。

（……？　わかる……！）

それだけがはっきりと映像で認識できた。

今まさしく弓を構えている骸骨武者の姿が。その矢がどこに突き刺さるかも、きれいに映像として理解できる。

狙いは心臓だ。

きれいに一歩分、真横にずれる。

瞬間、先程まで銀獅子ちゃんがいた場所に矢が飛来した。

（ほんの少し、先が読める……？）

違和感のある額の、その瞼《まぶた》を撫《な》でる。

おそらくはこの三つ目《み》のおかげだろう、相手の行動の数手先が読める。

（『ありえない才能を求めるのなら、相応の覚悟が必要になるよ』……）

ＧＭの言葉を反芻《はんすう》する。

ありえない力を手に入れるのなら、ありえない存在になる覚悟を。

「このゲームって、そういうこと……？」

骸骨武者は音しか頼りにできないのだから、もはや先読みのできる銀獅子ちゃんの敵ではなかった。つまり無理に弓で相手にする必要もない。

足元に弓を落とす。

手近な壁をぺたぺたと触り日本刀を見つけた。

「これで全員、斬り殺していけばいいってことか」

三つめの瞳もきれいに細めて歪《ゆが》ませながら、銀獅子ちゃんは笑った。

＊　＊　＊

地下劇場、個室ラウンジ。

「銀獅子《ぎんじし》ちゃん、もう三階を通過したみたい」

まりあはディスプレイで様子を見ながら、ぽつりと呟《つぶや》いた。

「するだろうね、銀獅子ちゃんなら」

七笑《ななえ》は隣に座りながら画面から目をそらさずに答える。

「やっぱり百戦錬磨だから……？」

「まりあ資料渡してても全然ピンときてなかったもんな。エピソードいくつか話すか……最初は賭け将棋で荒稼ぎしてたんだよね。その時の名前が銀獅子。もちろん違法だから普通に摘発されるんだけど、すぐＳＮＳのアカウント作ってネットで対戦者募集して今度は配信で稼いでた」

「だいぶたくましいね」

「ネットでも連勝しすぎて桁の表記がおかしくなってたんだよね。バグとかチートとかあんまり言われるから対面で指すことになってさ。バチバチの和ゴス着て、最終的にプロを正面から負かしてた」

「は〜……プロに勝つアマチュアなんてマンガだね」

「逸話には事欠かないよ銀獅子ちゃんは。違法な賭博で名を馳《は》せて編入試験から初の女性プロ棋士とか出来過ぎだもん。アウトローな経歴でビジュアルも決まってるし棋風もパワー系でわかりやすくてエピソードも強い。私普通にファンなんだよね〜」

「ふうん」

やはりまりあは興味を引かれなかったが、しかし疑問があるようだった。

「その割には銀獅子ちゃんにケンカ腰だったよね？」

「それは当然」

ギプスをさすりながら即答した。

「ショーに関しての嫌味《いやみ》言われてまああピキったから。仕掛けてきたの向こうだし。誰であろうと私の舞台に口挟んでほしくないね」

「ああ、そういう」

「私ちゃんとショーには真剣だし。捨て回なんてないし。見てる人の感性に合わない回なんてこんだけ続けてればどうしても発生するから」

「うん。とりあえず銀獅子ちゃんのことはわかったから、もう一人の子かな」

掘り下げると面倒になりそうだったので、まりあはそっと話題を変えた。

「えーと……天國朝《あまくにあした》ちゃん」

スマホの画面に映る情報を確認しつつスワイプしていく。

「銀獅子ちゃん検索したらたくさん出てきた。同じタイミングでプロになった女の子なんだよね？」

「そ。初の女性プロ棋士が同時に二人誕生だから盛り上がったもんだよ」

「まりあ、この子は知ってる。いろんな広告で見るし、ネット見てても将棋で勝ったニュースがよく流れてくるし……」

「もういくつかタイトルまで獲《と》っちゃったからね」

頭に入っているのか、七笑《ななえ》はすらすらと情報を口にしていく。

「天國朝《あまくにあした》は奨励会からプロになった正統派。二人の対照的な経歴が面白くってメディアは関係性で取り上げたりしてたんだけど……その後の活躍で明暗は分かれちゃった」

それを聞いてまりあは当然の結論にたどり着く。

「じゃあ、銀獅子《ぎんじし》ちゃんがどうしても勝ちたい相手っていうのは……」

✲　✲　✲

銀獅子ちゃんは手にしたリボルバーに願いを込めた。

そして自らのこめかみに銃口を押し当てて引き金を引いた。

パンッ！

派手な炸裂音《さくれつおん》が鳴り響く。

体は一瞬でバランスを失って机に突っ伏す。

頭に空いた小さな穴からは真っ赤な血がとめどなく溢《あふ》れ出て、力なくだらりと垂れ下がった腕から床へと滴っていく。深い緑の着物がじわじわと血に染まる。

静寂が部屋を支配していくかと思いきや……

「……くはっ」

響いたのは笑い声。

頭部に大きな損傷を負ったはずの銀獅子ちゃんの声だった。

何事もなかったかのように面《おもて》を上げる。

血の気が失われた真っ白な顔でにやりと笑う。

「すっごー……ガチで生き返れた……」

頭の外も中もあっという間に再生した。軽く頭を叩《たた》いて耳の中に入った血を出す。

「身体《からだ》が再生する能力も手に入るんだー……もう無敵じゃんね？」

ダウナーな調子で机の向かい、黒い襤褸《ぼろ》布に身を包んだ相手に話しかける。

返事はない。

「あ、でもロシアンルーレットで再生できるといきなり緊迫感なくなるねー……なんか間抜け」

ははっと笑いながら、銀獅子ちゃんは握ったままの銃を相手に向けた。

「面倒だし、試合続行できなくなった方が負けでいい？」

すると、襤褸布の中から腕が伸びてきて銃に触れる。

ひょろりと長い手指はそっと、しかし有無を言わさずに銃を机の上へと押しやった。ようやく覗《のぞ》けた襤褸《ぼろ》布から顔こそ見えないもののうっすらと光輪が見えた。

神聖たる象徴、その存在が頭上に戴《いただ》く光の輪。

「もしかして神様？　はじめて見た……でもね」

銀獅子《ぎんじし》ちゃんの額にある三つめの瞳が開いて、背中からはぶわりと花咲くように六本の腕が展開された。それぞれの腕には刀剣や銃が握られている。

「あたし、もう鬼も仏様も殺しちゃってるんだよねー」

変わらない口調、その直後に銃声が響いた。

続けて数度、閃光《せんこう》と破裂音が瞬いて――

硝煙の中で無事な姿を保っていたのは銀獅子ちゃんだった。床には襤褸布を纏《まと》っていた男が力なく転がっている。

「はは」

鬼に会っては鬼を斬り、仏に会っては仏を壊し、神に会っては神を撃つ。

三瞳六腕、光の輪に後光を背負った銀獅子ちゃんはぽつりと呟《つぶや》いた。

「誰にも負ける気がしないや」

出口の扉が開く。

この階はクリアらしい。

飾りも素っ気もない階段を上り次の階へと進む。

そしてたどり着いた扉の上部には、最終階と表記があった。

「さて、最後はどんなひとー？」

銀獅子ちゃんは躊躇《ためら》うことなく今までと同じ形の観音扉を開け放つ。

これまでの暗いステージとは打って変わって、明るく見通しがいい部屋。和室だった。

「……」

百畳敷きの大広間、床の間には掛け軸と生け花。暖かな日差しの指す障子の向こうには小庭が広がっており鹿威《ししおど》しも見えた。

銀獅子ちゃんは血に塗れたブーツで、お構いなしに畳の上を進んでいく。

部屋の奥には将棋盤。駒箱と脇息《きょうそく》、座布団があった。盤面を挟んだ相手を見て……銀獅子ちゃんは動きを止めた。

（……ま、予想はしてたけどねー）

戦慄と安堵《あんど》を同時に味わうような不思議な感覚に襲われる。

しっかりとした所作で丁寧に頭を下げるセーラー服の少女。

それが最終階の主《あるじ》だった。

「よろしくお願いします」

何度となく耳にした声、何度となく繰り返した言葉だ。

天國朝《あまくにあした》。

長く伸ばした灰色の、ゆるい癖のついた髪質の――――伝統的なセーラー服に大きめのカーディガンを羽織った――――やや野暮《やぼ》ったい少女だった。

銀獅子《ぎんじし》ちゃんと同時にプロデビューした棋士。すぐに七段へと昇段し現在はその頭上にタイトルの冠を五つ戴《いただ》く少女。今年中に残りの三冠まで手中に収めることを期待されている天才の中の天才。

「……あのっ」

天國朝は、いかにも意を決したことがわかるような切り出しをした。

「紫村《しむら》さんは、いつもびっくりするような格好で来ますね」

「……」

自らの姿を見下ろす。

背後の腕六本、三十本の指はきらびやかなネイルチップに彩られ、深緑の着物も半分は血に染まっている。額の瞳もまつエクなしでぱっちり。自己評価としても今日のコーデは奇抜だろうと思う。

「……お前を取って食うためだって言ったら？」

「え……」

「あたしゲテモノ食べるの好きなんだよねー。ヤギの金玉とかタランチュラとか、食べたことある？」

「きん……あ、あの、私がゲテモノってことですか？」

「同物同治。体が不調だったり悪い部分がある時は、同じ部位を食べるとよくなるっていう薬膳の考え方。食べたら相手の良《い》いところを吸収できちゃうってことはさ……」

銀獅子ちゃんは三つの瞳をすうっと細めた。

「殺して食べたら、とんでもない将棋の才能が得られるのかもねー？」

「……紫村さんはそんなことしないです」

天國朝は視線を下に、将棋盤に落としつつ答える。

「将棋を指していれば、わかります」

「はっ」

鼻で笑う。

「……そう言うなら、あたしの将棋を味わわせてあげる」

銀獅子ちゃんの将棋はおそろしく暴力的で、強引で、身勝手で、自分本位で、見るものすべてを薙《な》ぎ倒《たお》していく嵐のような、破壊の将棋だ。

しかし、天國朝はそれを恐れたことはない。

今まで、ただの一度も。

「それじゃあ……上座なので、私が振りますね」

歩の駒を取って準備を進める天才を見下ろしながら、思いを新たにする。

(今度こそ、思い知らせてやる)

それができなければ、自分が自分ではなくなってしまうからだ。

「振り駒です。私の振り歩先で」

両手で包んで勢いよく振った歩の駒を畳の上に投げる。

と金が三枚。

「と金三枚なので、紫村《しむら》六段の先手番です」

促されて、銀獅子《ぎんじし》ちゃんは座布団に腰を下ろした。

✲　✲　✲

地下劇場、個室ラウンジ。

「指したか、やっぱりそうなるよな」

予想していたように七笑《ななえ》は画面を見ながらつぶやいた。

「今回、将棋っぽいゲームってやらないのかと思ってたけど」

「将棋っぽいゲームをやるつもりはなかったよ。破られるに決まってるから。やるなら将棋そのもの、ぶつけるなら彼女しかいない」

まりあにそう答えて、七笑は立ち上がりバーカウンターへと向かう。冷蔵庫から取り出したのはスタバの残りだった。

「まだ飲んでなかったの？　もうドロドロになってるんじゃない？」

「逆にこっちの方が飲みやすいかなーって思って」

残りわずかとなったそれを吸い込む。

よくかき混ぜてビターなチョコが味を支配してくれたせいか一気に飲めた。ドロドロになった方が好みだった。

「それでもだいぶ甘いや」

空になったカップを見つめて思う。

「……棋士の人もおやつでスタバ頼んだりするのかなー。いや、お腹冷《なか》えるか」

「棋士の人がおやつ？」

「将棋といえばおやつよ。ずっと頭使うから糖分補給でモンブランとかフルーツの盛り合わせとかおいしそうなの食べてるよ」

「へえ～、そうなんだ。調べてみよ」

ここまで反応のよくなかったまりあが初めて将棋に興味を持ったようだった。

「将棋のプレゼン、この路線でやるべきだったか……」

「それよりも」

まりあはデュアルモニタを指さしながら呼びかける。

「将棋が始まったのに見なくていいの？　一番面白いところなんじゃない？」

「あー……」

言葉に詰まる。

「銀獅子《ぎんじし》ちゃんも天國朝《あまくにあした》も好きなんだけど、二人の対局はそんな好きじゃなくて」

「そうなの？　同時にプロになった天才将棋少女対決なんて、なえちゃんいかにも好きだろうな～って思うけど」

「なんていうか、私の期待する内容にはならないんだよね」

「それは……才能の差で？」

「才能は、まあ大きな要因だね。将棋の才能だけで言えば人類史上でも図抜けてるんじゃないのかな？　少なくとも私は彼女よりも将棋が強い人間を《台本》から見つけられなかったから」

「そうなんだ……」

まりあはそれを聞いて納得したようだった。

「そりゃあ、推しが負ける試合はあんま見たいもんじゃないかもね。銀獅子ちゃんもそんな才能の子と同時にデビューなんて……」

「……ん？」

まりあの言葉を聞いて、七笑《ななえ》は声を上げた。

「まりあ。才能って、どっちの話してる？」

「え？」

＊　＊　＊

（どこで間違えた……？）

銀獅子ちゃんは見るも無惨な盤上を前に苦悶《くもん》していた。

見るものすべてを薙《な》ぎ倒《たお》す嵐のような破壊力？

暴力的な攻めに似つかわしくない冷静かつ正確無比な受け？

今までの評が空虚で的はずれに聞こえるほど、あまりに腑抜《ふぬ》けた盤面だった。盤上に嵐は起こらずただただ穏やかに凪《な》いでいた。

（こんなに……）

ぐしゃりと、いくつもの手でボブカットの黒髪をかきむしる。

（こんなになにも出来ないのか……）

当然最上階に来るまでに得た百を超える異能はすべて使っているが、それでもまったく歯が立たない。

この盤上では天國朝《あまくにあした》こそが神様だった。

（あのＧＭの言葉通りってことねー……）

この塔には本当に人外しかいないらしい。

三《み》つ目になって腕を六本生やして後光まで背負ったくせに、女子高生ひとりに勝てないなんて。

（…………いや、違う）

劣勢で目が曇っている。

天國朝が卓抜しているのは当然のこと。

そして疑いようもなく手筋も本人そのもの。

この目を覆いたくなる惨状の理由は、本当は分かっている。

間違っているのは、問題があるのは、自分の将棋のほうだ。

深呼吸して冷静になり、一手一手追っていく。

（……なんだこれ）

盤にはいつもの自分とはまるで違う将棋がある。

醜悪な手筋に反吐《へど》が出る。

「私……いつも紫村《しむら》さんの将棋、見てます。大好きなんです」

澄んだ声音《こわね》は正面から聞こえてきた。

「嵐みたいに暴れまわった後は盤面がすっきりしていて、台風一過みたいっていうか……澄み切った盤面での一手は気持ちがよくて……」

「感覚派だね。天才っぽいー」

「あ、いえ……す、すみません……」

しゅんとうつむいてしまった。

（本当、イライラする……）

言葉を必死で選んでくれたことくらいわかっているはずなのに。

ここから勝ちまで持っていく筋道なんてほとんど見えないまま……

ぱちっと、音だけは威勢のいい見苦しい一手を指す。

（どうしてあたしはこんな将棋を指してるの……？）

将棋なんて好きじゃない。

それは本当のこと。

将棋はただの競技で、ゲームで、金を稼ぐ手段だ。

それ以上でもそれ以下でもない。

自分にとってはただそれだけのもの。

そのはずなのに、彼女と指す将棋はいつも軽やかで美しくて、浮き足立っていて、可能性に溢《あふ》れている。

テンションをあげさせないでほしい。

こんな浮かれた将棋は自分の将棋ではない。

こんな初々しくて鮮やかで柔らかい将棋は、自分の将棋ではない。

彼女と指すたびに自分がまるで違うものになっていく。

あたしの将棋は泣かせて壊して、砕いて踏み潰して、完膚なきまでにボコボコにして膝から崩れ落ちさせる将棋だ。

だから。

「だから」

天國朝《あまくにあした》の声がする。

続く駒の音。迷いのない一手。

「私も思いきり壊してくれていいのに」

視線を上げるとこちらを見つめる瞳があった。

真《ま》っ直《す》ぐな気持ちの込められた純粋な視線。

(そんな目であたしを見るな……)

一気に耳まで熱くなるのがわかる。こんなことなら途中の階で透明になる能力でも身につければよかった。

彼女と指す将棋だけがこれほどまでに脆《もろ》くなってしまうのか。

もう、その理由もなんとなくわかっている。

「……やっぱり私じゃ相手になりませんか？　だから、いつもわざと……」

「なにそれ。将棋なめてる？　盤上で起きたことがすべてでしょ」

「……そう、ですね」

戒めのように放ったこの言葉がすべてだ。

顔を見るだけで体温が上がって、声を聞くたびに心臓が高鳴って、天國朝の前では正常な自分でいられないことはなんの言い訳にもならない。

盤にはいつもの自分とはまるで違う将棋がある。

やたらと迂遠《うえん》で無駄が多く、意味もなく同じところをぐるぐるする、少しでも同じ時間を過ごそうと遠回りする帰り道のような、わざとらしくて青くて恥ずかしい将棋。

彼女と指す時だけはこうなる。

才能がほしい。

この盤上を見てなお湧き上がる気持ちはそれだけだった。

才能がほしい。

（ああ、そっか……）

見つめてきた宇宙にいつもとは違う閃《ひらめ》きが降りる。

（そうだよね、なんでわからなかったんだろー……）

才能がほしかった。

将棋を好きになる才能がほしかった。

真剣になれて、これ以外ないと打ち込んで、心血を注ぎ込んで大切にできたなら勝負の舞台をこんなに侮辱しないで済んだ。勝利を渇望して、たゆまぬ研鑽《けんさん》を心がけて、一度でも心から将棋と向き合うことがあったならばせめて矜持《きょうじ》は得られた。

すべてを片手間のまま壊せているからたったひとつの恋でこんなに揺らぐ。

あらゆる盤面での正解がわかってしまった。

みんなが何に悩みなぜ間違えているのか謎だった。

どう楽しめばいいのか、何が面白いのか、本気でわからなかった。

なんの労苦も障害もなく勝ち得たものはほとんどないのと同じだった。

「二十秒……あの、紫村《しむら》さん……」

将棋なんて好きじゃない。

それは本当のこと。

将棋はただの競技で、ゲームで、金を稼ぐ手段だ。

それ以上でもそれ以下でもない。

将棋を好きになりたかった。

心からの願いはそれだった。

将棋を好きになることができたなら……

「十秒……切れ負けになっちゃうので……」

きっと、この子にこんな顔をさせずに済んだはずだから。

「……読みが遅すぎた」

「え？」

「まいりました」

銀獅子《ぎんじし》ちゃんは深く頭を下げた。

その言葉でこれまで勝ち得た異能は解けた。

後光はふっと消え失《う》せて六腕は枯れ木のようにやせ細って朽ちる。多くの血とともに額の三《み》つ目がどろりと溢《あふ》れ落ちていく。

真っ赤に染まった盤上に、銀獅子ちゃんの首がごろりと落ちて転がった。

＊　＊　＊

そして【運命のゲーム】の幕は下りて。

ＪＲ原宿駅竹下口《はらじゅくえきたけしたぐち》。

線路沿いに大きな看板がいくつか並ぶ下で、七笑《ななえ》はまりあを待っていた。

スマホで『ついたわ』とメッセージを送ると同時に声がかかる。

「なえちゃん、おまたせ」

視線を上げると私服姿のまりあがいた。

落ち着いたブラウンのハイウエストミニスカートにリボン付きのブラウス、ふんわりしたオフホワイトのカーディガンを羽織っている。甘めフェミニンなコーデだった。

「ちょうどディスコ送ったとこだったわ」

「ん、なえちゃん似合ってるね。小柄な子にオーバーサイズって正義だな～」

七笑《ななえ》はネイビーの大きめのパーカー一枚にリュック。スニーカーはいつものだ。パーカーの丈が大きいので下のショートデニムはすっぽりと隠れてしまっている。まりあとは対照的にストリート色の強いスタイルだった。

「まりあってなに着ても似合うなー。髪の小物変えてる？」

「あ、気づいた？　服に合わせてリボンにした。ピン増やすと重いかなって」

「黒で差し色にしてるのセンスだ。かわいいじゃん」

「ふふっ、ありがと♪」

まりあは満足げに笑う。

「んじゃいこっか。店すぐそこだから」

「うん」

二人は竹下《たけした》通りを進んでいく。

休日だけあって人混みはかなりのものだったが、混雑するエリアはすいすいとすり抜けてすぐに奥まった細道へと入っていく。

「骨折はどう？　よくなってきた？」

「もう少しでギプス取れるって」

左腕の裾をめくり、ギプスで覆われた手の甲を見せる。

「チャリまだ使えないから電車通学なんだけどさ」

「満員電車ダルいなって？」

「それもだし、電車の揺れで手すりに掴《つか》まったりすると左腕に反動きてクソ痛くってさ……早く治んないかな～」

会話している間に目的の店に着く。

こぢんまりとしたネイルサロンだった。

キラキラ、バチバチとした派手な感じではなく、蔦《つた》の絡む白い木造建築の店構えからは穏やかでボタニカルな雰囲気が感じられる。

ドアベルを鳴らして予約名を告げると、店員がすぐに対応してくれた。

「では、お時間まで少々ありますのでおかけになってお待ち下さい」

案内されて白いソファに座る。机にはいくつかのファッション雑誌とネイルが一覧できるようにまとめられたファイルが置かれていた。

七笑《ななえ》は適当な雑誌を、まりあはネイルの一覧を手に取る。

「はい、こんな感じでどうー？」

すぐ横のネイルテーブルから声が聞こえた。

落ち着いたというよりは、気だるげでダウナーな声。

目をやればそこには銀獅子《ぎんじし》ちゃんが……今はこの店のネイリストとして働いている紫村《しむら》呪理《じゅり》がいた。

「わあ、かっこいいです……！　やっぱり紫村さんに頼んでよかった」

「気に入ったならいいけど、ちょっと派手かもねー」

客との会話が弾んでいるようだった。

「……あれって」

まりあが体を寄せてこっそりと耳打ち。七笑は声だけで答える。

「うん、銀獅子ちゃん」

適当に開いた雑誌には『祝！　天國朝《あまくにあした》八冠誕生』という大きな見出しと特集。ここ最近はどのメディアもこれを取り上げない日はない。

初の女性プロ棋士としてたった一人デビューした天國朝が走り抜けて八冠獲得まで成し遂げたのだ。功績としてもニュースバリューとしてもこれ以上はない。しばらくお祭り騒ぎは続くだろう。

「最近はこのニュースばっかりだよね」

まりあは七笑の広げた雑誌に一緒に目を通す。

「でもさ、銀獅子ちゃんの名前が不自然なくらいなくない？」

「ないね。あの舞台の幕が下りてから……銀獅子ちゃんの将棋の才能は喪《うしな》われて棋士の道には進んでない世界になってる」

「そっか、そういうことになったんだ……」

まりあは噛《か》みしめるようにつぶやいた。

横のネイルテーブル、呪理と客との会話は盛り上がっているようだった。

「もっとネイルチップとかバッチバチでもよかったかもです」

「今日は大事な対局なんでしょ？　態度悪いやつって思われそー」

「お店の宣伝になるんだからそれくらいしますよ」

客の声もよく聞くと覚えがある。

目深に帽子を被《かぶ》ったその客は天國朝だった。

「それに、ごついネイルで将棋めちゃくちゃ強かったらかっこよくないですか？」

「どうかなー？　イキってるだけでしょそんなやつ」

鼻で笑う。

「あと付け爪だと駒持つのコツいるよ。ジェルネイルが無難」

「あー、確かにジェルネイルならなんとか。……その、詳しいんですね？」

そう返されて、呪理《じゅり》は遅れて理解する。

「……あれ？　べつに、将棋なんてルールも知らないんだけど……」

「ですよね？　紫村《しむら》さんに何回もネイルやってもらってますけど、将棋指せるなんて聞いたことないですし」

「ないない。別に好きでもなんでもないし……なんでだろー？」

呪理は不思議そうに、何度も首を傾《かし》げていた。

「なえちゃん、どうしてここに来たの？」

「銀獅子《ぎんじし》ちゃんが棋士やってないなら、主演女優に勧誘できるかなって……」

横目でちらりと見る。

幸せそうに笑う紫村呪理に、もう強く惹《ひ》かれないことに気づく。

「でも、やめた。ネイリスト楽しそうだから」

「幸せそうだもんね、ふたりとも」

「そーね……不思議なくらい、ピンとこなくなっちゃった」

「お待たせしました。お客様、お友達とお席へどうぞ」

店員から声がかかる。

「はーい」

まりあは立ち上がり、七笑《ななえ》は座ったまま告げる。

「ネイルはそっちの子だけです。私は付き添いなんで」

「え」

まりあは信じられないものを見るかのような視線を送ってきた。

「なえちゃんネイルしないの？　ここまで来て？」

「だって骨折ってるし。右手ネイルしたらできないこと増えるし……ほら、バーカウンターの掃除も手伝わなくちゃでしょ？」

骨折した当日もショーの準備でバタバタして掃除は結局手つかずのまま。バーカウンターは魔境となったまま放置されておりさらなる悪化の一途を辿《たど》っていた。

「せっかく原宿《はらじゅく》デートしてる時に掃除の話とか……」

大きなため息で返された。

「だって忘れたらまりあ怒るから……」

「掃除は骨折治ったら一緒にすればいいでしょ」

「あ、それでいいんだ」

「だから、今日はネイルつきあって」

まりあにぐいっと右手を引っ張られて、強引に立ちあがることに。

「ひ、引っ張らないで……っ！　急な勢いが加わると痛いんだってば……！」

「そうだ。せっかくだから指一本だけおそろのネイルとかしよ？」

「指一本だけ……それいいかもね。せっかくだからかわいくなるか」

この発言が命取りだった。

このあと七笑《ななえ》はふたりおそろいの、かといって全く同じデザインではなく、それぞれの特徴を匂わせたリンクコーデ風ネイル案をまりあから何度も没を食らいながら時間ギリギリまで考え続けることになる。

Data　高2　5月21日

忘れずこなすこと！

- 5/18までにゲーム5個つくる
- バルト9で1日にみるやつきめる
- 6/3病院。サポーターとれる。やった～☆
- まりありクエスト、ファミマのキャラメルポップコーン
- またSuicaなくなったのでお母さんにいう
- もうみてないサブスク切る

地下劇場、個室ラウンジ。

「ん～～～～～～～～～～～～～～～～……まとまらないなぁ……」

七笑《ななえ》は悩んでいた。

ソファに寝転びながらタブレットをかつかつっとタッチペンで叩《たた》く。画面に手早く文字やイラストを書き込みながらペンのおしりで頭をかく。

「……クイズ足すかぁ……？　いやここは派手にデスゲームロボとか出すべきだろ……いいね、こいつから逃げるゲームにしよ。これで軸ができる……！」

独り言をつぶやきながら作業速度をあげる。手を止めずに書き込み続け、おおかたを形にしてファイルを保存。クラウド上の《台本》に反映された。

「っしゃ!!　できた～……」

新作の【運命のゲーム】が完成。七笑はぐーっと伸びをして、脱力。右手からタッチペンが離れて床にころころと転がっていく。

配信や雑務はまりあに頼りきりではあるが【運命のゲーム】にまつわるすべては七笑が担当している。アイデアの数には自信があるもののさすがに一人。間に合わないときには泊まり込みで作業することもある。

タブレットで時刻を確認すれば朝の七時過ぎ。完全に徹夜してしまった。

「学校……どうしようかな……」

そう呟《つぶや》く声は力なく、もはや結論は決まっているようなものだった。

「休んでも、いいか……」

そう決めると同時に、ぐうううう、と怪獣の唸《うな》り声《ごえ》がお腹《なか》から聞こえた。

＊　＊　＊

「ひと仕事終わったんだからごほうびっしょ♪」

七笑は人通りの少ない朝の歌舞伎町《かぶきちょう》を歩く。

地下劇場の近くにお気に入りの二十四時間営業のラーメン屋がある。骨折していたのもあって足が遠のいていたがギプスは外れて医療用スポーツサポーターになったので気兼ねなく楽しめるだろう。足取りも軽い。

「薄切りチャーシューがたっぷり入ってて味しみしみでおいしんだよね～。そうだ、生卵もつけちゃお♪」

注文を考えながらラーメン屋の引き戸を引く。

元気のいい挨拶を聞きながら慣れた手つきで食券を購入。いつものカウンター席に座るとすぐ隣には見知った人物がいた。

「げっ」

銀髪の幼い少女、オーナーだった。

「この時間にこんなところで会うとはね」

オーナーはつるつると平打ち中太麺をすすり終えると、こちらに視線を。

「こっちの台詞《せりふ》だ。朝、歌舞伎町《かぶきちょう》にあるラーメン屋にいると思わないだろ……」

オーナーの頼んでいるラーメンを見る。普通のラーメンに海苔《のり》増しトッピングというシンプルな注文だった。

「ここ来てライス食わないわけ?」

「ラーメンだけでおなかいっぱいだから」

「胃袋はちゃんと子どもかよ……」

「GMにもだいぶ慣れたようだね。順調でなによりだ」

仕事の話に移行した。まあ、オーナーと話すようなことはこれくらいしかない。

「数字を安定させるためにもう少し配信回数を増やしてもいいくらいか」

「ふざけるなよ……企画構成もゲーム構築もGMも全部私一人でやってんだぞ。これ以上増やしたらおかしくなるわ。そんなら人を」

「人は増やせない。《台本》を閲覧、編集するには特殊な才能がいる。当分は君一人だ」

「こいつ……」

「それに、人材は揃《そろ》っているはずだ」

醤油《しょうゆ》のスープをすすって続ける。

「舞台作家の獄木七笑《ひとやぎななえ》と主演女優の纐纈《こうけつ》まりあ……二人の作るショーはぜひ見物してみたいと思うが」

「殺すぞクソガキ」

自然と声が低くなった。

「最初〝特筆指定〟に閲覧制限かけて私に見せなかったこと、まだ許してないからな」

「私は最初に気に入らないようなら他を当たると言ったはずだ」

「よくのうのうと……どうせロクでもない計画でも立ててんだろうが」

「君たちが私の計画のキーであることは間違いない。〝特筆指定〟に記載されている纐纈まりあは、特にね」

ラーメンに向き合いながらオーナーは続ける。

「編集することができない運命……それが〝特筆指定〟だ。《台本》の最初に指定されている本文の前提となる指定。点在するいくつかの絶対的なマイルストーン。揺るがないからこそ計画に利用しやすい」

最後に味玉を処理して、スープで流し込む。

「人の力が及ばないもの、人知を超えているもの、唐突で理不尽なもの……本来的にはそういったものを運命と呼ぶ。その意味で〝特筆指定〟こそが運命と呼ぶにふさわしいものなのだろうね」

「……ショーに関してはすべて私の自由にやる。それはお前も同意したはずだからな」

「運命がそれを許してくれるといいね」

ティッシュで軽く口を拭くと、オーナーはごちそうさまと言って退店していった。

一気にテンションが下がってしまった。

隣が空いたのでタブレットを広げつつ《台本》に目を通す。〝特筆指定〟と呼ばれる項目に目を通す。オーナーの言う絶対的な運命を。

〝纐纈まりあは初めて立った舞台の上で事故により命を落とす〟

昨年のクリスマスに知ってしまったまりあの運命だ。


――なえちゃんの舞台の主演女優、まりあがやってやるか――

――まりあっていう主演女優だって見つかったんだから――


「……神様もおもんねー運命用意してくれたな」

「はい、おまちどう」

チャーシューメンマ海苔《のり》増しの特製ラーメンと無料のライスが到着した。

スープを一口。

「んまい」

気分は落ちてもここのラーメンはおいしい。

割り箸で麺をひとすすり。味のしみたチャーシューでごはんをかきこみながら、どうしてもまりあのことを考えてしまう。

振り返れば付き合いはまだ一年経《た》たないくらい、だろうか。

まりあが加入して最初の挑戦者は、たしかマリーゴールドちゃんだったと思う。

Data　高1　7月1日　etc.

マリーゴールドちゃん

- 三回目の挑戦、常連
- 妹がいたらこんな感じかも。小動物系でかわいい♪
- ゲームはしばらく固定で様子見

高１　７月１日

　ひどく蒸し暑いとある夏の日。

　地下劇場の個室ラウンジ、七笑《ななえ》がバーカウンターの細長い椅子に腰掛けてタブレットをつついていると背後から声がした。

「獄木《ひとやぎ》さん」

　甘やかで心地のよい声。

　しかし、まだ耳慣れない少女のもの。

　振り向けば試用期間中の新人アルバイト纐纈《こうけつ》まりあがいた。

「配信に必要な機材、リストアップして送っておいたよ」

「お、ありがと。まりあちゃん」

　タブレットを膝に抱えディスコードを開くと、リンクの数々が確認できた。

　ＧＭにも少しずつ慣れ【運命のゲーム】の回し方を心得てきたものの配信に関しての知識が浅いため未《いま》だスマホからストリーミングをしている状況だ。

　ここは入ったばかりの新人に大いに頼らせてもらうことにした。

「へー、機材って色々あるんだね」

「オーディオインターフェイスとかヘッドセットまわりはまりあが使っててよかったやつだけど」

「最高じゃん。そういう経験者からの知見が一番助かるんだから。まりあちゃんに見繕ってもらって正解だわ」

リンクを次々に踏んでいって品定めをしていく。

予想していたよりも種類は多様で、かつ高額だった。

「ひえー、ＰＣってこんなするんだ……」

「スマホとかタブレットで続けるのさすがに厳しいかなって。配信向けでスペック高いやつ並べただけだから、もっと安いのがよかったら探してみるけど」

「あー、いーのいーの。私の金じゃないし。あのクソガキオーナーたんまり金持ってるから吐き出させてやらなきゃ」

七笑は躊躇《ちゅうちょ》なく一番高いものを買い物かごに放り込み注文ボタンを押した。

「これ、届いたらセッティングもお願いしていい？」

「うん」

「助かったー。私ＰＣで配信するやり方なんも分かんないから」

「ううん、このくらいべつに」

まりあは軽く首を横に振る。

チークもなしに血色のよい頬《ほお》にウェーブのかかった髪が数本かかって、細い指先でそれを整えると白い首筋と形の良《い》い耳が見えた。まばたきをすれば睫毛《まつげ》は羽根のようにはためいて、銀河が封じ込められているかのように瞳はキラキラと煌《きら》めく。

何気《なにげ》ない日常的な動作、その中で目に映るすべての造形が完璧だった。

(顔面が良すぎるだろ……)

七笑《ななえ》は腕組みをして正面からまりあを見る。

どんな奇跡でこんなところにこんなレベルの美少女が応募してくるのだろうか。

元配信者という経歴が業務的にありがたいことも当然あったが、顔採用の面もちょっとある。七笑は一緒に働くなら絶対に美少女がよかったので。

そしてなにより……

「まりあちゃん、うらやましいな～」

「なにが?」

「背高くて。私、百七十くらいほしかったんだけど全然だからさ」

自分の頭頂部にぺたんと手を乗せて、ぐいーっと足りない分を上に伸ばす。

「GMやる時はヒール履いて舞台に上がろうかなって思ってたくらい。まあ、すぐこけるし危ないから結局スニーカーだけど」

「……そうなんだ」

ぽつりと呟《つぶや》く。

基本淡白なまりあだが、今回は別の感情が入っているように聞こえた。

「身長がうらやましいって言われたの、初めてかも」

「そうなん？」

「普通女の子から言われるの『かわいくってうらやましい』とか『スキンケアとかコスメ何使ってる？』とか『今まで何回告られた？』とかだから」

「ま、五億回言われるだろうね。まりあちゃんなら」

「ガチでそれくらい言われたかも」

「……ちなみに、何回告られたの？」

「覚えてないなぁ」

「回答が強い……」

「でも」

一拍置いてまりあは続けた。

「獄木《ひとやぎ》さんもモテそう。女の子から」

「私？」

七笑は自らを指差して、少し考え込む。

「んー……どうなんだろ？　自分ではそんなに実感できないなぁ。女の子とは仲良くしたいんだけどこの髪色とかピアスで引く子もいるし」

「まあ、いるかもね」

「そもそも人間関係うまく構築できるタイプじゃないんだよねー。新しいクラスでグループを作るみたいなの、うまく溶け込めた試しないし。なんか気づいたら浮いてる」

後頭部で手を組んで、ぐっと背中を伸ばす。

「中学からそんな感じだったかもなー……」

「じゃあ友達少ないんだ」

「うるさいな……」

まりあの鋭い指摘に七笑《ななえ》は口を尖《とが》らせた。

「ふふっ」

返ってきたのは柔らかい微笑。

「まりあもおんなじ。友達少ない」

視線を自分の足元に落としながら続ける。

「いつも勝手に集まって勝手に離れてくから、友達の作り方わかんない」

「……そっか」

勝手に遠くに感じていた少女の中に、近しいかけらを見た気がして。

もう少しだけ彼女のことを知りたくなった。

「もしかしたらだけどさ」

自分の隣にあるバーカウンターの椅子を軽くはたいて、ほこりを落とす。

「他にも似てるとこあるかも、私たち」

「それじゃあ、探してみる？」

まりあがそれに座ったのがスタートの合図だった。

「そうだなぁ……私お菓子好きなんだけど、まりあちゃんどう？」

「まりあも結構食べちゃう。ビスケットのマリーとか、コーヒービートとか。レトロでかわいくておいしいから大好き」

「最近食べてないな〜そういうの……そうだ、定番のやつ聞くか。きのこたけのこ」

「え、たけのこ一択でしょ」

「……今は共通点探しだからその話の続きは今度ね。しょっぱい系は食べない？」

「んー、韓国のりとかなら」

「そういう方向性かぁ」

「獄木《ひとやぎ》さんは？　なに好き？」

「今ハマってるのはマウイチップスのハワイアンサワークリーム」

「しらない……」

スマホで検索した結果を見て、まりあはピンと来た。

「あー、ハワイっぽいジャケの」

「そうそう。あれ味が濃くてうまいんだよね。たくさん入ってるし」

「そっち系かぁ」

お菓子の好みはどうやら被《かぶ》らなそうだった。

「じゃあ……獄木《ひとやぎ》さんてスポーツとかやってた？」

「いいや、一切経験なし」

「意外だね。やってそうに見えるのに」

「色んな人に言われるけど全然なんだよねー。親にお前は行動力だけで運動神経があるわけじゃないって言われたことあるし。まりあちゃんは？」

「昔バレエ、踊るほうね。あと水泳とかかな」

「割と見た目のイメージ通りって感じだ」

椅子に座り直して七笑《ななえ》は続ける。

「あ、スポーツじゃないけど将棋はまあまあ好きかな～」

「将棋は全然だな～……eスポーツ系は？　まりあ結構ＦＰＳやるよ」

「えーっと、なんか昔に触った気もするけどタイトル覚えてない……だからまあ、せいぜいその程度の経験かな……」

か細く、消え入りそうな七笑の返答で幕を閉じる。

「ここはスマホの力を借りるとするか……」

「あ、好きな動画とか、最近見た動画とか話す？」

「いいね。私は心霊系の動画よく見ちゃうんだよね。心霊スポットに凸系も好きだし、怪談聞くのも好き」

「へえ……」

ここまでで最もテンションの低い返答がきた。

「あ、もしかしてホラーとか苦手？」

「苦手っていうか、嘘《うそ》だなーって思っちゃって。ノれない」

「嘘か本当かわからないのがいいんじゃん。嘘とかでまかせとか、虚構だったはずのものが現実を侵食しちゃうみたいなさ。SCPとかハマらなかった？」

「全然。目の前におばけが出たりすれば別だけど」

「えー、じゃあどういう動画見んの？　ゲーム実況？　美容系？」

「それも見るけど、最近は耳垢《みみあか》を取る動画とか」

「あ〜……！　好きな子いるよねぇ」

「大きいの取れると気持ちよくって。このインド人の男の人のが、まりあが今まで見た中でも一番大きいやつで」

「あっ、大丈夫。私はそういうのあんまっていうか、苦手で……」

差し出してきたまりあのスマホをそっと手で制する。

「……そうだな。えーと……」

七笑《ななえ》は腕組みをして、まりあを見つめる。

「まりあちゃん、いくつ？」

「？　十五歳だけど」

「私も。見つかったな、共通点」

満足げに頷《うなず》いた。

「よかったー、とりあえずひとつ見つかって」

「嘘《うそ》でしょ？」

「年は嘘ではないでしょお互い」

「そうじゃなくて……そういうのでいいの？　共通点って」

「そりゃあ違うけどさ。普通はこういうの始めたら『私も私も！』『それ好きならこういうの！』みたいに距離が縮まっていくもんじゃん？　なのに、なんか全然……」

「ずっと間合いの探り合いしてたね」

「そうなんだよ！　踏み込もうとすると『あれっ、なんか思ってる以上に感性とか好み違うかもしれない……』ってなっちゃって」

「わかる」

「それで、この先続けて平行線だったらつらすぎるから……」

「うん」

「ちょっと耐えられなくて、年齢の話を……」

少しの沈黙。

七笑とまりあは見つめあって、どちらともなくくすくすと笑い出した。

「え～？　この流れで共通点が年齢だけ？　ほんとに？」

「仲良くなれるなにかが見つかる流れがあれよな、普通に」

「もうちょっと探す？」

「んー……探すっていうのがそもそも消極的なのかも。作るんだよこれから。ふたりだけの共通点を」

「おー、いい考え方かも。いいこと言うね獄木《ひとやぎ》さん」

「あ！　まずは呼び方変えようよ！　私のこと下の名前で読んでいいから」

「ありかもだね……たしか、ひとやぎななえ……だよね？」

「うん。七回笑うって書いて、七笑《ななえ》」

「七笑、ななえちゃん……」

まりあは名前の音を確かめるように繰り返していく。

「なえちゃんっていうのが呼びやすいかも」

「好きに呼んでいいよ。それじゃあ、私もまりあでいい？」

「うん」

共通点はひとつしか見つからなかったけれど、まずは第一歩。

七笑《ななえ》はまりあに手を差し伸べる。

「それじゃ……改めてよろしく。まりあ」

「うん。よろしくね、なえちゃん」

まりあはそれをきゅっと握り返した。

そして同時に言葉を発する。

「手温かいね、まりあ」

「なえちゃんの手、冷たすぎ……」

ふたりは顔を見あわせてもう一度笑った。

＊　＊　＊

地下劇場、メインステージ。

重く閉ざされた緞帳《どんちょう》の前にタブレットを携えたＧＭとひとりの少女。

「さて、今日の挑戦者は……マリーゴールドちゃん」

「よ、よろしくお願いしますっ」

小柄な少女は勢いよく頭を下げて、同じ勢いで頭を上げた。

髪色はくすんだオレンジ、長さはセミロングの――白い丸襟、薄いグレーのワンピースをきちんと着こなした――緊張に頬《ほお》を紅潮させている美少女だった。

「一応聞いておくね、マリーゴールドちゃんの望む運命は？」

「はい。恋を叶《かな》えてほしいんです……私の、運命の恋を！」

胸元で両手を握りながら、声を震わせて叫ぶ。

おどおどとしてはいるものの大きくくりっとした瞳はきらりと輝いて、確かな意志が込められている。

「恋愛成就なんてものすごく普通で、【運命のゲーム】でするようなお願いではないかもしれないんですけど……でも真剣なんです！　だから、今回もよろしくお願いします！」

最初の挨拶と同じ勢いでもう一度頭を下げた。

そして、今度はこちらの様子をうかがうようにゆっくりと頭を上げる。

「……あの、ＧＭさん」

「なあに？」

「私【運命のゲーム】もう三回目なんですけど、いいんでしょうか……？」

「そういえばもうそんなになるっけ」

特に変わらぬ調子で応じる。

「そもそもこういうアンダーグラウンドな興行というか……人生を賭けてやるゲームなんて普通は一回限りが暗黙の了解というか……」

「回数制限は設けてないしなぁ。いいんじゃない？　マリーゴールドちゃんの恋も毎回相手違うわけだしさ」

「今までとは違うんです！　今度こそ、今度こそ運命の恋なんです！」

マリーゴールドちゃんは腕をぶんぶんと振りながら主張。

彼女は割と恋多き女の子だった。

「今度こそ運命、か……いいね。マリーゴールドちゃんはその調子で【運命のゲーム】に全力を出してくれればこっちは問題なしだから」

タブレットを起動する。

「経験者だとまどろっこしい確認もないのがいいね。準備はいい？」

「大丈夫です……！」

「なら、早速始めようか」

タッチペンさばきも鮮やかに、ゲームを起動する。

「さ、運命が始まるよ」

＊

＊

＊

「はっ!?」

マリーゴールドちゃんはびくっと体を震わせながら、テーブルに着席した。

どっしりとした作りの机に緑色のプレイマットが敷かれている。いわゆるテーブルゲームを行うために準備された卓上だ。

「舞台に上がる時、毎回びっくりしてるよね」

机を挟んだ向かいで七笑《ななえ》が薄く微笑《ほほえ》む。

「す、すみません、慣れなくて……」

「それじゃあゲームの解説をしようか……と言っても、マリーゴールドちゃんとやる時は毎回同じゲームだけど」

「今日もイラストしりとりで……？」

「うん。軽く解説させてもらうね」

七笑はテーブルの中央にあるカードの山を引き寄せる。サイズはトランプよりも一回り大きい程度のものだ。

「それぞれ三枚配られるカードでしりとりをするゲーム。手札で回答できない時は場から一枚カードをめくる。それを続けていって先に手札がなくなったほうが勝ち。わかりやすくていいでしょ？」

カードの山から一枚めくる。机にアームで固定してある配信用スマホに向けて中身を見せると、学校の校舎のイラストが描かれていた。

「中身はこういうイラストが描かれているカード。イラストをどう解釈して解答しても構わないよ。これだったら『学校』『校舎』『授業』とか。無理やり過ぎて納得いかなかったら異議は可能。もつれたら視聴者投票かな……」

そこまで言って配信用スマホを操作する。

「やったことないなそういえば……つか出来んのかなスマホで」

「だ、大丈夫そう、ですか？」

「あー、ごめんねぇ。まだちゃんとした配信機材揃《そろ》ってなくてさ……マリーゴールドちゃんの顔もいい画角で映したいんだけど」

「そんな、私なんて別に……」

ただでさえ小柄な体をきゅっと縮こまらせて、ぽつり。

「かわいくなんて、ないので……」

「そうかなー。これでも私はショーには真剣っていうか、かわいいと思った女の子を立たせてるつもりなんだけどな」

「あ！　いえ、ＧＭさんのことをなにか言うつもりじゃなくて……！」

慌てたように両方の手のひらをひらひらと振った後、しゅんとうつむく。

「その……勇気も自信もあったら、私はとっくに告白できてると思うので……」

「えいっ」

「ぷぎぃ」

七笑《ななえ》はテーブルから身を乗り出して両手でマリーゴルードちゃんの両頬《りょうほお》をむぎゅっと押し潰した。

「せっかく舞台に立ったなら、あとは勝負をするだけだよ？　後ろ向きなこと考えてちゃダメダメ。自分の望むものを全力で掴《つか》み取《と》りにいかなきゃ」

そしてまっすぐマリーゴールドちゃんを見つめて続ける。

「私はマリーゴールドちゃんの恋を応援してるんだよ？」

「あ、ありがとうございます……！　そうですよね……！」

ぱあっと表情を明るくした。

ころころと表情がよく変わるところは小動物を感じさせてくれる。

「さあ、それじゃあ始めよっか」

七笑は慣れた手つきでカードをシャッフルして手早くカードを三枚ずつ配る。そして場に山札を置いて、ゲームは開始された。

「先手はマリーゴールドちゃん」

「はい。えーと……じゃあこのカードで『稲妻』」

マリーゴールドちゃんが場に出したのは大荒れ模様の天気のカードだった。イラストにも雷が描かれているので問題はない。

「おっけー。それじゃあ私の手番か……『マスメディア』」

七笑《ななえ》が手札から切ったのはテレビのニュース番組のシーンだった。

「異論ないです。私は……」

マリーゴールドちゃんは残す二枚をじっくりと見比べて……

「あ、あ……『アウトドア』！」

キャンプをしているイラストを切った。

「うん、問題なし……マリーゴールドちゃん順調だね。知ってると思うけど運がいいとこのゲームあっという間に終わるんだよな～」

「はい。今日は調子いいみたいですっ」

「そんで……私が返せる手札がないや。一枚取るね」

反対にこちらの手札はあまりよくなかった。

手札が増えることとは解釈が増えることなのでそれを利用した作戦も立てられるが、残り一枚となってはそのまま押し切られる可能性もある。

「さあ、続けてマリーゴールドちゃんだ。『アウトドア』の『あ』だよ。このまま一直線に勝負を決められるかな……？」

自分の手札とにらめっこをするマリーゴールドちゃん。

「あ、あ、あ……あっ！　『アキレス腱《けん》』!!」

崖っぷちで光明を見て、自信満々に叫びながらカードを切る。

出してきたのは足を伸ばしてストレッチをするおじいさんのカードだった。

「『アキレス腱』ね。イラストの内容的にもＯＫではあるけど……」

七笑《ななえ》は苦笑しながら告げる。

「『ん』がついちゃってるからマリーゴールドちゃんの負けかな」

マリーゴールドちゃんは普通にしりとりのルールで負けとなった。

＊　　＊　　＊

そして【運命のゲーム】の幕は下りて。

「おつかれ～、今日だいぶ早めに終わったわ」

ひと仕事終えて、七笑は個室ラウンジへと戻ってきた。

モッズコートを乱暴に脱ぎ捨てながら、ソファに勢いよく腰を下ろす。

「スマホでも配信見れてたよね？　機材到着するまであんまやることないとは思うんだけ

ど過去回とかも参考に進行は覚えておいてほしいかも」

スニーカーと一緒に脱げたショート丈の靴下ごと蹴り飛ばし、両手両足で思いきりぐーっと伸びをする。

「そーだ。そろそろ夏休みに入るけど【運命のゲーム】は変わらずやるから、入れそうな日のシフトもディスコに送っとい……」

ここまで特にリアクションがないことに気がついて、まりあに視線を。

見るとまりあの眉はきゅっと吊《つ》り上がっていた。

今まで見たことのない怒りの表情だった。

「？　どうしたの？」

「まりあ、ここのアルバイト辞める」

「は、」

そう言い残して、まりあは通学鞄《かばん》を持つとそのままソファを通り過ぎていく。

パタン
と、扉が閉まる音が響く。普通に退室していった。

突然のことになんの理解もできず、七笑はたっぷり数十秒後にようやく……

「えっ!?」

とだけ声が出せた。

自分の声で体が動かせることに気づいたかのように慌てて靴を探すが、さっき蹴り飛ばしてすぐには届かない。その辺にあったクロックスをつっかけて出口へ。体当たり気味に扉を開けて廊下へ出て周囲を見回す。

しかし、まりあの姿はもうどこにも見当たらなかった。

こうして、まりあは地下劇場でのアルバイトを辞めることになった。

「えー……」

あの感じ、冗談やギャグだとは少し考えにくい。

ついさっき初めて楽しげな会話に成功した程度の仲なので、そういうウザ絡みをしてくる可能性はゼロではないけども。

「な、なんで……？　ショーの前はいい感じに話せてたのに……」

理解ができないまま、ふらりと扉から体を離す。

そのまま覚束《おぼつか》ない足取りで室内へと戻っていく。

「あのアイドルみたいな美少女と私の、ちょっぴりエモなふたりだけの雰囲気……確かにあったよね……？　あれは幻……？」

ぽす、と力なくソファに腰を落とす。

自分のショック具合から、あのやりとりが結構嬉《うれ》しかったのだと今さら気づく。

「今日のショーの内容が気に入らなくて……？　でも、正直いつもと比べたらだいぶマシな回っていうか……」

　そこまで言いかけて冷静になる。

「そもそもありえん事してるからな～このバイト自体……やっぱり嫌になったとか言われたら、まあ、引き止めようがないわ……」

　力が入らずにそのまま体を横に倒し、ぽてっと寝っ転がる。

「それよりなにより……」

　さきほどちらっと見えてしまった。

　ソファ前のテーブルに手を伸ばしスマホの画面を確認する。間違いではない。通販サイトから『ご注文ありがとうございます』のメールが届いていた。

「買った機材のセッティング、私じゃできないよぉ……」

　七笑《ななえ》は泣き言を漏らした。

　ガチャッ
　その時、扉が開く音がした。上半身を起こして目をやると、まりあがいた。

「あっ」

　七笑の言葉には反応せず、入室してテーブルの上にある紙の束を手に取る。

　一連の業務を理解してもらうためにプリントアウトした今夜の【運命のゲーム】についての資料だった。

まりあは真剣にそれに目を通していく。

「……も、もしかして」

七笑《ななえ》はよぼよぼとソファの上に立ち上がり……

「機材のセッティングだけやってくれるとか……？」

希望をかけて恐る恐る尋ねた。

まりあはちらりと七笑を見やる。

「ん～……」

そして腕組み。

「やっぱもうちょっとだけバイト続けよっかな」

まりあは地下劇場でのバイトをもう少し続けることになった。

「よくわかんないけどやった……っ！」

七笑は小さくガッツポーズを取った。

高1　12月7日

大寒波が襲来し、東京《とうきょう》全域に雪が降り積もったとある日。

バンッ！

と、地下劇場にある個室ラウンジの扉が乱暴に開かれる。

「さ、さ、さ、さっっっっっっっっっむいよぉ〜〜〜〜〜〜〜〜〜〜〜〜〜〜〜〜〜！」

全身雪まみれの七笑が突入してきた。

上下の歯をガチガチと鳴らしながら、袖が裏返るのも構わず強引に脱いだ薄手のコートをソファへ。

「くそっ、真冬用の分厚いダウン出すべきだった……学校からここまで歩くだけで雪山越えてきたみたいだぞ……！」

ぶんぶんと頭を振って雪の塊を落とす。

しかし、髪の隙間まで細かく入り込んだ雪は手で払っても落ちてくれなかった。そして室温で水に戻ったそれは毛先から滴り始めている。

「なえちゃん雪まみれだ。大丈夫？」

中央のソファでホットミルクをすすり、まりあが呟《つぶや》く。

「全然大丈夫じゃない……」

「シャワー浴びる？」

「ショーの準備あるし、そんな時間ないかも……」

「なら……厚手のペーパータオルがあるから、お湯で絞ってそれで髪拭いたら？」

「おお、ナイスアイデア……」

震えながらバーカウンターへ向かう。まりあに言われた通りに簡易ホットタオルで髪を温かく湿らせながら拭いていく。

「髪拭いたらこっちきて。乾かしてあげる」

まりあがマグカップを机に置いてパタパタと動き始める。

バーカウンター越しに電気ストーブとドライヤー、タオルケットなどを用意してくれているのが見える。

「今日やばくね？　なんだよ大寒波襲来って……」

「今日やばいよ。ずっと雪降ってるし、電車動かなくなるかもだからまりあの学校早めに終わったくらい」

「えー、いいなぁ。うち普通に最後まで授業あったわ」

応じながら、雪を吸って冷たくなったペーパータオルをまとめてゴミ箱に。髪は拭き終えたが、次は衣服が気になってくる。

「制服がキンキンに冷えてら……もういいや、着替えよ」

ブレザーをぱぱっと脱ぐ。勢いのままブラウスとスカートも脱いで、バーカウンターの椅子にそれぞれかけておく。

「ショーが終わる頃には室温に戻るだろ」

シンプルなノンワイヤーの下着姿になって、ソファの横にあるメッシュの衣類ケースからタンクトップとドルフィンパンツを引っ張り出して装着。

そしてまりあのいるソファに向かう。

「はい、タオルケット。ストーブで身体《からだ》温めて」

「サンキュー」

分厚いタオルケットで身を包んで電気ストーブの前に陣取る。隣からはドライヤーの温風が拭いてきて、ようやくかじかんでいた全身に熱が巡り始める。

「ふう、生き返るぅ～……」

「なえちゃんて」

「ん？」

「もしかして冬でもそういう格好してる？」

「うん、そうだよ。部屋暖かくして着るもの少なくしたい派なんだよね。外出るときもダウン着れば平気だしさ」

「……」

「？」

沈黙するまりあの方を見ると、ドライヤーをかけつつも視線はタオルケットから軽く覗《のぞ》く七笑《ななえ》の脚に向けられていた。

「お、気になる？　結構美脚っしょ？」

タオルケットをめくりしゃなりと生脚を出す。長さもフォルムも絶妙なバランスで構成されており、真っ白に近い肌の色は陶磁器を思わせる。

「なんつって、えへへ……」

「うん。なえちゃんは外で生脚出さない方がいいかもね」

「えっ」

ツッコミもなく否定もされなかった。というか肯定された。

その意味を七笑はポジティブに解釈することにした。

「……もしかして、心配してくれてる……？」

「うん」

「そっか……ま、私も年頃の乙女だもんね。気を付けたほうがいいのかな～とかたまに思うんだけど、自意識過剰かさすがにっていうのもちょっとあってさ……」

照れつつ、湿った毛先を指に巻き付けていじる。

「どうしよ。私、知らず知らずにいろんなひと誘惑してたりとか……？」

「ううん、そういう意味じゃなくて」

「えっ」

「ケガしてるから。よく貼ってるよね絆創膏《ばんそうこう》」

「ああ」

冷めた声で応じて、今度は雑にまっすぐ足を伸ばす。

七笑の美脚にはポップでカラフルな絆創膏が数枚貼られていた。

「なえちゃんの性格的にしなそうなファッションだなって思ってて」

「うん、普通にケガ。生きてるといつの間にか削れてるんだよね」

「削れてる……？」

「なんかこう、ぶつかったり引っかかったりすんだよ。だからタイツとか履いてもすぐ破れちゃって、無駄だなって思って生脚で生きてる」

「それで絆創膏を用意してるの？」

「いや私じゃなくて。廊下とか歩いてると女子が貼ってくれるんだよ。『また足が削れてるよ～？』って」

まりあからはふうん、と少し低めの声が返ってくる。

「なえちゃんってやっぱモテるんだね」

「野良猫構ってるようなもんだろ」

「でも貼ってくれる子、一人じゃないよね？」

「そうだけど……なんでわかったの？」

「なんとなく。何枚も貼ってあるけど、柄のセンスが違うなって思って」

「名探偵かよ……」

そこでドライヤーの音が止《や》む。

「髪、もう大丈夫だよ」

触ってみると、髪はしっとりとまとまっている。すんすんと嗅ぐ。

「すごいいい匂いがする私……」

「ホワイトサボンね。ヘアミルクと、色々つけといた。そのままドライヤーしたらバサバサになっちゃうから」

「さすがまりあ……よし。体も温まったし、今日のショーの準備するか」

七笑《ななえ》は立ち上がるとコートと一緒に放ったリュックの中を漁《あさ》る。幸運なことに中身は濡《ぬ》れていなかった。タブレットを取り出す。

「今日ってあの子だよね？　マリーゴールドちゃん」

「うん、また運命の恋が見つかったらしいから」

「今回で四回目？」

「そういうことになるね」

立ったまま今日の挑戦者の情報を確認する。

恋を叶《かな》えるため【運命のゲーム】に何度もチャレンジしている少女だ。

（そういえば……）

顔写真とプロフィール、そして前回の記録を見て思い出す。

（前にまりあが辞めるって言い出したの、マリーゴールドちゃんの時だっけ……）

日付を確認すると今年の夏頃の出来事だった。

辞めると言い出した後にすぐ戻ってきて続行を決めていたのを覚えている。

（やぶへびだったら嫌だから理由は聞いてないけど……もうあれから四ヶ月くらい続いてるのか……）

業務は問題なく、むしろ優秀なくらいにこなしてくれている。

そしてあれ以降まりあから契約継続に関して文句が出たことはない。

ということは……

（このまま普通にバイト続けてくれるってことでいい、よね……？）

「なえちゃん」

ドライヤーを片付けながらまりあが話しかけてきた。

「今さらだけど、今日マリーゴールドちゃんは来れるでいいんだよね？」

「え？」

「だってこの雪だよ？　ネット見たらもう交通機関がいくつか動かなくなってるし、普通に来れないってことはあるかなーって」

言われて硬直した。

自分が自転車や徒歩を主体に行動するため気が回らなかった。【運命のゲーム】は理外と超常の興行ではあるが、挑戦者が来ないことにはどうしようもない。

「いや、今朝『行けます』ってＤＭ来てたからてっきり……」

「でも、そこから天気よくなってないし」

「ちょっと待って、今確認する……」

タブレットを操作する。

三十分ほど前に、マリーゴールドちゃんからＤＭが一件届いていた。

「あっ」

「なんて？」

「……『悪天候のため使える交通機関がなく、新宿《しんじゅく》に向かうことができません。本当にすみませんが欠席させてください』……」

七笑《ななえ》はタブレットの画面を消し、ふうと細い息を吐く。

「あのー、今日は解散です。お疲れさまでした」

「無理くない？」

「無理って？」

「だって、まりあたちもおうちに帰る方法がないよ？」

「……あっ」

＊　　＊　　＊

このビルにコンビニがあることをこれほど感謝した日はない。

七笑とまりあは簡単な夕食と足りないものをいくつか購入。地下劇場に戻って備え付けのシャワールームを利用して着替えを済ませた。

「コンビニにパンツ売ってて助かった〜。下はさすがに替えたかったし」

七笑はコンビニで買ったボクサーパンツを着用。真っ黒でシンプルなデザインだが充分だ。これに大きめで分厚いTシャツを羽織って今日の寝巻きとする。

「寝るときはタオルケットかけて……暖房強めにすれば平気でしょ」

「うん」

まりあは上下ともにやや芋っぽい学校指定のジャージだ。

「そういえば……寝るところはどうするの？」

「よくぞ聞いてくれました」

七笑《ななえ》はいつものソファにてててっと向かって、しゃがんで操作する。

「このソファ、背中を倒して下を引き出すと……ベッドに大変身～☆」

「おお～」

まりあからは拍手が贈られる。

ふたりは大きくなったソファに腰を下ろして、テーブルの上にコンビニで買ったものを広げる。まずはモバイルバッテリーでスマホを充電。

「モバイルバッテリー残ってたの神だわ。充電器ちょうど壊れてたからさー」

「コンビニのモババ便利だよね。まりあも充電忘れたときは使っちゃう」

「まりあモババ派か」

「え、モババでしょ。なえちゃん何派なの？　モバブとか？」

「強い主張はないけど……モバイルバッテリーくらい言えよ派、かなぁ」

「言うのはいいけど文字打つのがめんどいんだよね」

「あー、それはわかるわ」

「モバイルバッテリーの略称問題は解決しそうにないよねぇ」

「議論が尽くされてないんだよなー」

とりとめのない雑談をしながら袋の中からコンビニ飯の数々を取り出す。七笑はツナマヨおにぎりの包装を剥《む》いている時に気づく。

「あれっ、もうクリスマス仕様じゃん。ほら、おにぎりの包装にサンタがいる」

「もう今月だもんねークリスマス」

「うわー、もうそんなか……」

季節のイベントがあるなら配信内容も考えなければ。忙しくなるかも。そう思った瞬間わざとらしく揉《も》み手《で》をしてまりあにすすっと体を寄せる。

「あのー、まりあさんにおかれましては今月後半のご予定などは……？」

「ない。ここのシフト入るよ、クリスマスも」

「いよしっ！　クリスマス前って運命変えたい女の子多いみたいでさ、挑戦者候補が今の時点で結構いるんだよね。まりあがいるならどしどしどし受けよう」

「へー。美容院とかプチ整形みたいだね」

「内容確認したら復讐《ふくしゆう》系が多いけどね。クリスマス前に彼氏略奪したいとかそういう」

「黒いクリスマスだ～……」

「私もクリスマスに配信は初めてだからな～。まりあは配信者の時にクリスマスってどういう配信してた？　コラボ？」

「まりあコラボとかほとんどしなかったからぼっちクリパ配信。視聴者参加型のゲームとかケーキ食べて雑談とか」

「ゆるいね。そんな感じで登録者数五十万人すぐいったんでしょ？」

「気づいたらなんかなってた」

「すげぇ。そんだけ調子良かったのに配信者やめちゃったんだ？」

「んー……」

袋から軽めの夕飯を取り出しながらまりあは続ける。

「なんか全部うまくいっちゃうんだよね。まりあって」

「相変わらず回答が強い……」

「昔からそうなの。勉強も運動も普通にやれば平均以上できるし中学の時は手芸部の部長やって全国コンクールも出たし。マラソンも賞状もらっておうちに飾ってある」

「まりあって感じだわ。解釈一致」

「まあ、友達は少ないけどね」

珍しく自嘲を挟んだ。

「配信もそう。受けてる人参考に動画投稿と配信して、視聴者の反応見て方向修正して、そのうち案件とかもらって、いつのまにか三十万、五十万ってなっていって……」

「そんで？」

「続けていくうちに……まりあがやってるわけじゃない気がして」

「？　まりあがやってたんでしょ？」

「そうなんだけど……」

まりあはサラダチキンロールにかぶりつく。

咀嚼《そしゃく》しながら考えているようだ。飲み込む。

「自分でいうのもなんだけど、まりあは最適化が得意みたい」

「あー……ゲーム化して効率化すんのめっちゃ速い人いるよね。まりあの仕事っぷり見てたらそういうタイプなの納得かも」

「だから、みんなが好きなパターンの動画を出したり、配信で求めてるだろうなって反応を返してたから数字が稼げてただけで……」

合間に無糖の紅茶を一口。

「そっか……」

「べつに、まりあである必要はないのかもって思ったら興味なくなっちゃって」

「まりあは、きちんとまりあのことを見てほしいなって。あんなに数字ももらえて応援してくれた人もたくさんいたのに、わがままなのかな」

「いや、そこは気にしなくていいでしょ」

ツナマヨおにぎりの残りをもぐもぐっと飲み込む。

「まりあの気持ちがのらないのに続けてもだし、実感なきゃつまんないよ」

「うん……あの、でもね」

まりあはおしりを浮かせて、少しだけ座る位置をこちらに寄せてきた。

「なえちゃんと【運命のゲーム】の配信するのは楽しいよ」

吸い込まれそうな大きな瞳でじっと見つめられる。

真剣な瞳だった。

「世界を変えたり女の子の運命が変わったり、とんでもないことしてるなって思うけど……楽しいの。なえちゃんの作るショーも、全然予想できなくてわくわくする」

「そっか……」

思わず顔がほころぶ。

「えへへ、ショー褒められるのは普通に嬉《うれ》しい♪」

「なえちゃんは、いつか自分の舞台がやりたくて主演女優を探してるんだよね？」

「うん」

「まりあ、ちょっと興味あるかも。主演女優ってやつ」

「えっ……!?」

歓声をあげそうになってしまった。

まりあなら大歓迎だが安易に飛びつくのはよくない。あまりに簡単に転がせる相手と思われてしまうとその関係性が舞台にも影響しかねない。気がする。ここは毅然《きぜん》と。

「立候補はいいけど、ハードルはかなり高いよ？」

「そう？　でもなえちゃんはもうまりあに夢中じゃない？」

首を傾けながら続ける。

「だってまりあのこといつも見てるもん」

「そうかぁ？」

「今も結構見てたよ」

「まあ、今は確かに見てた」

「ほらそうじゃん」

「胸の印刷のゆるキャラが歪《ゆが》んでてちょっとおもしろかったから」

まりあの着るジャージの下にはゆるキャラが印刷されたTシャツが。そのゆるキャラは大きな胸によって引っ張られ今は苦しそうに歪んでいた。

「……なにそれ、おっぱいしか見てないってこと？」

「ほんとでかいよねー。……ねえ、てかどこ住み？　ラインやってる？」

「あー、急にダルい絡みはじまった」

うざ絡みしたら距離を取られた。

「やっぱクリスマスにシフト出るのやめよっかな」

「は……？　さっき出るって言ったじゃん！」

「なんか気分がのらなくなっちゃって」

「ただの冗談だって……！　そうだ！　終わったらふたりでクリパしよ？　ケーキ買って飾り付けして、プレゼント交換もする！」

「う～ん、どうしよっかな～」

「楽しいクリスマスにしたいじゃん！　ふたりで最高のクリパしよ？」

「ふたりで最高のクリパ……本気のやつ？」

「ガチのやつ。友達とクリパしたことないし、ＪＫとしては一回やっときたいよね」

「……そういえば、まりあも友達とクリパするの初めてかも」

そうつぶやいて、まりあは乗り気になったようだった。

「仕方ないな～……やるからには妥協しないよ？」

「もちろん！　今日から計画立てて準備しよ！」

高２　５月21日

地下劇場、個室ラウンジ。

ソファの上で七笑《ななえ》は目を覚ました。

「ん……」

徹夜明けでラーメンを食べてここに戻ってきて、マリーゴールドちゃんに関する過去資料を確認しているうちにそのまま眠ってしまっていたらしい。

そのせいか、寝起きにも関わらず当時のことがはっきりと思い出せる。

「……クリパ、中止にしちゃったなぁ」

去年のクリスマス、まりあの運命を知った。

当日は楽しいクリスマスという空気をとても作れそうにはなく、時間をかけて準備していたクリパの急遽《きゅうきょ》中止を申し出た。まりあは三日くらい口をきいてくれなかった。

「怖かったな、あの時のまりあは……」

たびたびまりあが匂わせてくる主演女優の話は、気づかないふりをしたり聞こえないふりをしたりして、ずっとはぐらかし続けている。そうするしか方法がないからだ。

〝纐纈《こうけつ》まりあは初めて立った舞台の上で事故により命を落とす〟

ソファにもう一度倒れ込む。

瞳を閉じる。

――なえちゃんの舞台の主演女優、まりあがやってやるか――

――まりあっていう主演女優だって見つかったんだから――

もうここ最近は匂わせなどではなく、直接言うことが多くなってきたのでそろそろごまかしきれないかもしれない。

ただ、それでも。

「まりあに主演女優はさせられないんだよねー……」

繰り返すようにつぶやきながら、七笑《ななえ》はもう一度眠りの海に落ちていった。

高２　６月３日

地下劇場、個室ラウンジ。

スツールに座る七笑は左手を動かして確認。ギプスも医療用スポーツサポーターもついていない状態で、ぐーぱーと握っては開いてを繰り返す。

「よし」

銀獅子《ぎんじし》ちゃんとの【運命のゲーム】の日に折った腕はようやく完治した。

「今の左腕ならいけるはず……まりあ、よく見ててね……？」

七笑はテーブルを挟んでまりあに向き合うと、自分の左手のひらにコインを乗せる。

「いくよ……ワン、ツー、スリー！」

と唱えた。

すると、コインは真下のテーブルに落下した。まるで左手を通過したように見える。

「ほら見て、私の左手にはギミックなんてないよ？　すごいでしょ？」

そして左手をくるくると回しながらにぎにぎ。潔白を見せつける。

「……はあ」

ソファに深く座り込みながらそれを眺めていたまりあはぽつり。

「骨折治って最初にやることがそれ？　なえちゃんらしいね」

「もっと驚けよ……」

七笑《ななえ》は口を尖《とが》らせる。

机の上には手品用コインと一枚の解説書、黒地に創英角ポップ体で印刷された『誰でもできる！　簡単コインマジック！』というチープなパッケージ。七笑がドンキで買ってきた手品グッズだった。

「なえちゃんは変な節約するくせにしょーもない買い物好きすぎるよね」

「面白いじゃんだって。こういうのもっと勉強しようかな」

二人は業務前の時間をいつも通りに過ごしていた。

「あとね、ドンキでお菓子も買ってきた」

「それはしょーもなくない」

まりあはすうっとスムースな動作でソファから身を起こして、机に置かれた黄色い袋の中を物色し始めた。

「マリー買ってきたよ。安売りしてた」

「今日はムーンライトの気分だったんだけどなぁ」

「わかるわけないだろそんなの……じゃあ私が食べ」

「だめ。まりあの」

まりあは目にも止まらぬ俊敏な動作でマリーをしっかり確保した。他に目ぼしいものがないか品定めを始める。

そして気づく。

袋はもうひとつあった。

「こっちの袋は？　これもお菓子入ってるよ？」

「ああ、なんか一年の女子集団に待ち伏せされて渡されたんだよね。『センパイもらってください！』って。遠慮なくもらった」

「へえ。モテモテだ」

「そう。しかも話したこともないのに。それで思い出したんだけど、同じ感じで急に連絡先もらったこともあったんだよね。去年。確か先輩の女子から」

七笑はやや自慢げに腕組み。

「まりあにたまに言われるけど、やっぱ私ってモテるのかもしんないわぁ」

「なえちゃんなら顔ファンつくだろうからね」

「顔ファン……？」

スルーしにくい単語を繰り返す。

見た目だけにつくファンのことだが一般人にはあまり用いられない気がする。

「なえちゃんのモテエピソードいくつか聞いたことあるけど、いかにも顔モテだな～って感じのばっかりだから」

「いかにもってなに？　どういうこと？」

「学校のクラスとかなにかのコミュニティとか、人間関係のつながりからじゃなくて全部突発イベントだから。ほら、足の絆創膏《ばんそうこう》とかも」

「まあ、そーね」

「お菓子くれた一年の子たちだって名前も知らないんでしょ？　でもきゃあきゃあ言われながらプレゼントだけされる。それは距離感が顔ファンでしょ」

「距離感が顔ファン……」

特に反論はなかった。

むしろきれいな推論に思える。思えてしまった。

そしてそれはつまり……

「え？　私ってモテるんだけど顔だけってこと？」

「たぶん」

「今までのやつ全部？」

「まりあが聞いた限りは」

「……なんかそれって」

七笑《ななえ》は自分の両手を見つめながら、不服そうにつぶやいた。

「私の中身に全然魅力がないみたいに聞こえるじゃん……」

「…………」

「なんで黙る……？　フォロー入れるところだろ」

「ダメなところなら思いつくんだけどね」

「そんなの聞きたくない！　見つかるだろ！　こんだけバイト一緒にやってきてるんだから私のいいところのひとつやふたつ！」

「なえちゃんのダメなところはね」

「なんで続ける!?　やだやだ！　いいところだけ聞きたい！　褒められたい！」

ジタバタした抗議を完全に無視して、ため息まじりにまりあは告げた。

「恋心を無視しすぎなところかなー」

「……えっ？」

一瞬、まるで時が止まったかのように二人は見つめあう。

「これもらうね」

まりあは机の上のお菓子をいくつか見繕ってPCデスクへ向かう。そしていつものヘッドフォンを装着。椅子に座ってそのまま作業を始める。

「……え」

ガチめのダメ出しがくるとばかり予想して身構えていたが意表を突かれた。

恋心を無視しすぎときた。

（……今のって、まさか嫉妬……？）

頭の中で凄《すさ》まじい速さで仮説が組み上げられていく。

（いやでも……そういうこと、だよね？　だって私がモテた話した後に恋心を無視しすぎなんて言うってことは……そういうことにならない？　しかもなんかすぐにPCの方に逃げるみたいにしてさ）

錯覚かもしれないが、なんとなくまりあの耳が赤かったような気さえしてくる。いやさすがにそれは錯覚かも。しかし導き出される結論はひとつ。

（まりあって、私にそういう気持ちあったの……？）

想像して一気に頰《ほお》が熱くなる。

（えっ、えっ……えっ――――――――――――!?）

想像だにしなかった展開にスツールからがたっと立ち上がる。

両手で頰を押さえる。

（だってそうだよね!?　今の流れ『まりあが目の前にいるのに他の女の子のことばっかりしゃべって……まりあの気持ちを無視しすぎ』以外思いつかないよね!?　え～……だとしたらかなりかわいいなおい……）

そんなストレートな少女漫画的行動をまりあがしてくるとは思いもよらなかった。その意外性にかなり食らってしまう。

（てかそもそもまりあは顔ガチでかわいすぎるんだよな〜、おっぱいもでかいし……それがわかってるから人との距離感すげーちゃんとしてるんだろうけど……）

だからこそ少しでも感情を揺さぶりにかかられると効く。古典的でもシンプルでも関係ない。まりあからの素直なアプローチはそれだけで強すぎる。

（え〜……？　まあ普通にうれしいけどそりゃ……）

考えをまとめるためにテーブルの周辺を歩き回る。

頼りなくふらふらとした足取りのためテーブルの足に引っかかって
ぼふっ
とソファに頭から突っ込むことになった。

（……いいにおい……）

さっきまで座っていたまりあの匂いがする。

深く吸い込む。

胸の中がまりあで満たされていく。

考えはまとまらず心はざわめいていくばかりだった。

（いやこれはさすがに自己肯定感爆上がりするってぇ〜……!!）

足をばたつかせる。

浮かれた時のこの行動、いわゆる創作物的に盛った表現だと思っていたが実際に直面して今普通にやってしまった。どうやらあの行動描写は正しかったようだ。

「バタバタうるさいけど、なにー？」

まりあがヘッドフォンを外して抗議の声をあげる。

「まりあ……」

潤んだ瞳で見つめる。

ソファからゆっくり立ち上がってＰＣデスクへと近づく。

「今までごめんね、確かにまりあの言う通りかも……」

「？　なんか急にキモいなぁ」

「気持ち、わかったから。私からもちゃんと言うね……」

緊張でドキドキする心臓を深呼吸で落ち着かせて、告げる。

「女子との絡み多いから不安にさせちゃったよね？　ごめん……でも、私の一番はまりあだけだから！」

「……」

まりあはたっぷりかけて七笑《ななえ》を見つめてから口を開いた。

「それってなんかの真似《まね》？　まりあ元ネタわかんない」

なんか思ったのと違う反応が返ってきた。

「いや、私の心からの言葉で……」

「あと不安にさせるってなに？　いつか挑戦者に刺されるかもみたいなこと？」

「そういう意味じゃないんだけど、絶妙に間違ってない気もする……」

「正面切ったくせに要領得ないなぁ。ほら、そんなことよりこれ」

まりあはＰＣで資料を印刷していたようだった。手渡された内容は今日のショーについてのものだ。

「もうそろそろ今夜のショーが始まるでしょ」

「そうだった。まあ今日はマリーゴールドちゃんだから」

お互いに勝手はわかっている相手だ。そう構える必要もない。

毎回運命の恋を叶《かな》えるために挑戦しにくる少女で……

「……あれ？　さっきまりあが言ってた『恋心を無視しすぎ』ってもしかして……」

頭の中で点と点が繋《つな》がった。

「気づいた？　ちょうど今日のショーはマリーゴールドちゃんだからなえちゃんに言っておこうと思って」

まりあはオフィスチェアを回転させて七笑と向き合う。

「どうしてマリーゴールドちゃんの恋を叶えてあげないの？」

「どうしてってって……」

「何度失敗しても恋のために頑張ってるのに、ひとつも叶《かな》わないなんてかわいそすぎ。今まで【運命のゲーム】に成功した人だっているじゃん」

「まあぼちぼちいるね」

「じゃあ叶えてあげようよ。マリーゴールドちゃんのお願いは他の挑戦者みたいに悪いものじゃないいんだし。一回くらい恋が成就したってよくない？」

「GMが忖度《そんたく》するのは良識としてさ」

「もともと【運命のゲーム】なんてイリーガルもイリーガルでしょ」

「そう言われるとなんも言えないいんだよなー」

「今度こそマリーゴールドちゃんの恋を叶えてあげて。ダメならまりあここ辞める」

「は？　いやそんな急に……正式なアルバイトになったじゃん」

「まりあは本気だよ」

まりあは本気の目をしていた。

GMとしていかに正当な理屈を述べたところで無駄だろう。まりあはたまにこういった頑なさを発揮する時があり、そしてこういった言動に覚えがあった。

「……あー、もしかしてすっごい最初の頃バイト辞めるとか急に言い出したのって」

「うん。同じ理由」

まりあは即答した。

「資料を読んだらマリーゴールドちゃんは何度も挑戦する子みたいだから、せめてまりあが恋の成就まで見届けてあげなきゃってずうっと思ってたんだもん」

　長らくの謎がようやく解けた。

　まりあはマリーゴールドちゃんの恋の味方をしてあげたいらしい。

「マリーゴールドちゃんの恋の成就かぁ……」

　つぶやきつつ七笑《ななえ》は腕組み。

「説明するより見るほうが早いか、今日のショーで判断すればいいよ」

　そう言ってＰＣデスクの引き出しを開ける。中から昔使っていた型落ちのスマホを取り出してそれを掲げる。おそらくはこれが一番手っ取り早い。

「マリーゴールドちゃんの手札、これで映すようにするから最後まで見ててみ」

「手札？」

「テーブルゲームの種明かしならそれが一番わかりやすいでしょ」

＊　　　＊　　　＊

（今度こそ、運命の恋を叶えてみせる……！）

　四度目の【運命のゲーム】。

ゲームは何度となくプレイしたイラストしりとり。

それぞれに山札を引きあって白熱した内容だったけど、いよいよ手札は一枚……。

「お、これでマリーゴールドちゃんは手札一枚になったね」

「はい！」

向き合うGMさんの手札は三枚。いい状況だと思う。

「運命の恋かぁ……どうしてそんなにそれが欲しいの？　あ、聞いてもいいやつ？」

「だ、大丈夫です。その、上手に話せるかはわかりませんけど……」

そう前置きして続ける。

「私はずっと自分に自信がなくて、勇気もなくて、ちんちくりんで、気弱で……そんな自分を情けないなって思ってました」

胸中をそのまま言葉にしていく。

嘘《うそ》をついたり、人を騙《だま》したり、そういったことに自分はあまりにも向いてない。それはこれまでの人生でよくわかっている。器用でも優秀でもない。要領もよくない。ならせめて素直でいるべきだと思う。

「ダメダメな私を変えてくれるような、運命の恋がほしくて……その、それだけです」

「なるほど、素直に乙女チックなお願いだったんだね」

対応しながら自らの手札を見つめて、GMさんは手札を切る。

「これで『イルカ』……OKだよね？」

カードには水族館のショーのイラストが描かれていた。飼育員が笛を吹いてイルカが輪をくぐったりしている。

「はい。異論はないです……『イルカ』……か、か、か……」

手持ちのカードにはカレーライスを食べる親子のイラストが描かれていた。場にある『イルカ』から『カレーライス』はなんの問題もなく繋《つな》げられる。

これで【運命のゲーム】には勝利できる。

「……」

それがわかった瞬間、ため息が漏れる。

またただ。

またこうなった。

そんなわけがないのに。

「……山札から引きます」

宣言して山札から一枚引く。

今回も違ったということなのだから。

「あら。ここがチャンスだったのにね。出せる手札はなかった？」

「はい」

引いた札には化石の絵が描かれていた。恐竜に三葉虫も描かれているのでそちらで攻めてもいい。意外と汎用性があるカードだ。

もう、どうでもいいことではあるけれど。

「それじゃあ続けて私……『イルカ』から『仮想通貨』ってのはどう?」

GMさんが繰り出してきたのは、株価のチャートとそれを見て放心するおじさんの描かれたカードだった。

「解釈の範囲だと思います。『仮想通貨』……」

また『か』だった。『カレーライス』でも『化石』でも返せる。

運命の恋を求めてここに来ているのに。

運命の恋を望んでゲームをしているのに。

「もう一度、山札から引きます」

山札から引けたのは水泳のカードだった。もはや興味はない。

手に入ると分かった瞬間あんなに輝いていたものが色褪《いろあ》せて見える。

私ごときに微笑んでくれるような恋が運命の恋であるはずがないのだから。

「運がいきなり悪くなっちゃったね。連続で私だから、また『か』……お、ラッキー。出せるぞ」

場に出されたのは京都を楽しむ外国人のイラストだった。

「『観光客』……これで、マリーゴールドちゃんから異議がなければ私の勝ちかな」

「異議はないです」

「それじゃあ、私の勝ち。今回も残念だったね」

「はい」

「……私は、本当にマリーゴールドちゃんの恋を応援しているんだよ？」

ＧＭさんは珍しく困ったように笑った。

わかってもらえないかもしれないけれど……やっぱり、私の気持ちは素直に言っておくべきだと思った。繰り返しになったとしても。何度でも。

「……あ、あのっ、ＧＭさん」

「なぁに？」

「また【運命のゲーム】にチャレンジしに来てもいいですか……？」

「すっかり常連だね。どうしても、運命の恋がほしい？」

「はいっ！」

迷いなく答えた。

運命の恋を追いかけられなくなるのがなによりも一番怖いことだ。

「私は運命の恋がほしくって、絶対にそういう恋がよくって、本当は私なんかじゃ手に入らない恋を手に入れたいんです。矛盾しているけどそういう言い方しかできなくて……私の望む恋は、そういう恋なんです」

「やっぱり乙女だね、マリーゴールドちゃんは」

「ここだったら、そういう恋を願ったっていいですよね？」

「もちろん。ここではどんな願いも拒まないよ」

その言葉が聞けて胸を撫《な》で下《お》ろす。

また運命の恋に挑めるならいくらでも勇気が湧く。

「私、絶対に手に入れます！　素敵で可憐《かれん》でときめきにあふれていて、私のこれまでを変えてくれるような……そんな運命の恋を！　あの、私の願いはただそれだけなのでっ」

勢いよく立ち上がる。

「また来ます！　今回もありがとうございました！」

「次こそうまくいくといいね」

「はい！」

いつか本当の運命が巡ってくるその時まで【運命のゲーム】に挑む。

私が永遠に手にすることができないような恋を、私は望んでいる。

✲　✲　✲

そして【運命のゲーム】の幕は下りて。

「おつかれ、思ったよりも長引いたな〜……」

七笑《ななえ》は個室ラウンジに戻ってきてぐーっと伸びをした。テーブルゲーム形式はずっと同じ姿勢のため身体《からだ》が硬くなるのが難点だ。

「マリーゴールドちゃん側の視点、ちゃんと見れた？」

ＰＣデスクにずっと向き合っていたまりあに声をかける。

「うん、手札も見れた」

視聴のためかけていた眼鏡をそっと外して椅子を回転。

「マリーゴールドちゃん、わざと負けてた」

「そう、あの子は勝利が確定すると必ず勝負から降りちゃうんだよね」

「それって、前からずっと？」

「実は毎回。マリーゴールドちゃん語彙も想像力もあってあのゲーム強いから。手札で返せるのにあえて山札から引くのは戦略の場合もあるし『ん』で負けるのも本気で気づいてないこともありえるけど……」

「でも、今回は明確だったよね？　カレーのところとか」

「確かめるためのゲームメイクしたからね」

七笑はモッズコートを脱いで制服だけになりソファに腰を下ろす。

「だから、私がマリーゴールドちゃんの恋を応援してるのは本心。でも本人が勝負から降りるんだったらどうしようもないっつー話」

「……もしかして、なんだけど……」

まりあは顎に手を当てて、ぽつりと思いついたことをつぶやく。

「マリーゴールドちゃんは恋に恋してる、みたいな状態ってこと？」

「ま、表現するならそれが一番近いね」

応じながらテーブルに残されていたきのこの山を開封して一口。

チョコの味がちょっとすっきりめで、クラッカーと合っていておいしい。

「幻想と砂糖だけでできた運命の恋を手に入れたくて、でも現実になるとわかった瞬間に冷めるを繰り返してて……サイクルそのものがもう気持ちいいのかも。文字通り永遠にやるかもね」

「永遠に……」

まりあはその言葉を繰り返す。

「それってアリなの？」

「GM的にはどうしようもないかな。たいした願いではないから失敗しても恋してた男の人にちょっと不幸が起きるくらいのもんで。あ、でもね……！」

ここからが大事と言わんばかりに声のトーンを上げる。

「恋に恋してるマリーゴールドちゃんの表情はとってもかわいいんだよね。キラキラして夢いっぱいで、見てるとこっちまでときめいちゃうっていうかさ。だから女優候補の一人としてキープしておきたいのはある」

「なえちゃんってほんと……」

まりあはため息とともにつぶやいて、しかし、その言葉の続きはこなかった。

「なに？　そこで終わり？」

「んー……」

「歯切れ悪いな」

「今回はまりあも好き勝手言えるわけじゃないなーって思って」

そう言ってまりあはオフィスチェアから立ち上がった。

ソファにやってきて隣に座る。

「まりあ、マリーゴールドちゃんのことなんにもわかってなかったから」

そしてＰＣデスクから持ってきたたけのこの里を開封する。

「恋する女の子の味方でいたいとか思ってたけど……全然みたい。まりあも恋愛向いてないのかも」

それをひとつつまんで七笑《ななえ》の口元へ。

「……」

まりあが好きなお菓子を分けてくれた。

その行為がどういう意味かをなんとなく察しつつ素直に受け取ることにした。口を開けるところりとたけのこの里が入ってくる。

「恋愛ねぇ……」

いつもとは違う食感のそれをもぐもぐして続ける。

「ま、向いてても向いてなくてもまりあに恋愛なんてしてほしくないけどね」

「どうして？」

「そんなの決まってんじゃん」

飲み込んで、まりあに真剣な表情で向き合う。

「ここのバイト辞めてほしくないから。最低週四シフト出てくれなくなったらうちは間違いなく崩壊する」

まりあはきょとんとした表情を浮かべたあと、くすっと笑みをこぼした。

「……それじゃ、しばらくはバイトガチろうかな」

Data　高2　6月30日

exステージ

掃除して出たゴミ袋は四つほど。

ぎゅっと口を縛ったそれらを個室ラウンジから運び出す。地下にあるテナント用ゴミ置き場まで持っていって、集積コンテナの大きな口の中へ次々放り投げていく。

それらすべてを投げ終えると七笑《ななえ》とまりあは向き合って……

「「いえ～いっ！」」

とハイタッチした。

これで念願だったバーカウンターの掃除はようやく完了となった。

「お疲れまりあ！　ようやく掃除が終わった～！」

「お疲れさま、清潔なバーカウンターが戻ってきた～」

二人は顔を綻ばせつつ安堵《あんど》のため息。

通ってきたスタッフ用の廊下を足取り軽く戻っていく。

「思ったよりゴミ出たな～。まあ、うち冷蔵庫でかいしな」

「バー用で容量あるんだよね。なんか活用できないかなって思ってるんだけど」

「活用ねぇ……お菓子作りとか？」

「でもオーブンないから。やるならレアチーズ系のフィリング使うやつとかレンジで作るチョコマフィンとか、そういうのかな。作るの簡単だし」

「いいじゃんチョコマフィン！　なんで作らないの？」

「正体不明の物体が詰め込まれてたから。材料入れたり生地寝かせたりすると変な匂いつきそうで嫌だったの」

「ッスー……」

「冷蔵庫の中のさ、あの緑色のは結局なんだったの？」

「私も記憶にないんだよねー」

「最初おもちゃのスライム冷やしてるのかと思ったもん。ＡＳＭＲでもやるのかと」

「さすがの私も冷蔵庫には食べ物しか入れないって～」

「自慢げに言うのやめてね？　まりあラウンジ気に入ってるんだから、ゴキ出ないようにきれいに使ってね」

「平気平気。心を入れ替えたからさ」

「毎日片付けをきちんとして、こまめに掃除すればいいだけなんだから」

「絶対大丈夫だから。信じろって」

「じゃあ約束ね。ゴキ出るようになったらなえちゃん殺すから」

「ゴキブリじゃなくて私を……？」

「元から絶たないとさ」

いつも通りの会話を続けながら、いつも通り個室ラウンジへと入る。

いつもと違ったのは部屋の中。

七笑《ななえ》とまりあ以外の人物がいた。

「……げっ」

部屋の中央に佇《たたず》むのは銀髪の少女だった。

「入れ違いだったようだね」

七笑とまりあに気づいたのか、少女は振り返る。

地下劇場を擁するこのビルと、あらゆる運命の始終が記された《台本》の所有者であるオーナーだった。

「わあ、オーナーちゃんだ」

「ガキが来るとこじゃねーぞ、帰れ帰れ」

柔らかいまりあの声と、七笑の不機嫌な声が同時に発された。

「オーナーが現場に顔を出すのは自然なことだと思うが」

「勝手なんだよお前は。なにもかも」

ずかずかと七笑は近づいて、腕組みをしながらオーナーを睨《にら》みつける。

まりあはその隣で屈《かが》んでオーナーに視線を合わせる。

「あんまり会えないよね？　誘ってもほとんど来てくれないからさみしかったよ？」

「まりあ、そいつに優しくする必要ないから」

「こう見えて多忙でね」

オーナーはまりあにのみ向け応じる。

「埋め合わせが必要ならちょうどいい。こちらも話がある。そうだな……」

見たことのない型のスマホを小さな手で握ったまま、上を指差した。

「焼肉でどうだろう。私の店だが」

「わあ、焼肉♪　しかも上の階のやつって高級なところだよね？」

まりあは小さな拍手を送るが、七笑はしかめっ面のままだった。

「久々に顔出したと思ったら高級焼肉でご機嫌とりとか……手口がキモすぎんだよ。お前はおっさんか？」

「文句があるなら私はここでも構わないよ」

「……世間を知らないだろうから教えといてやるけどな」

七笑はオーナーの小さな両肩に両手を置いて、真剣そのものの表情で告げた。

「『焼肉を奢《おご》る』なんて言葉を発しておいて撤回できるほどこの世は甘くない。今からそれを思い知らせてやる」

＊　＊　＊

最上階にある焼肉屋。

個室は黒を基調にしており壁には丸い格子窓と一輪挿しの掛け花入、ライトアップも控えめないかにも小洒落《こじゃれ》たインテリアの部屋だった。

じゅうじゅうと肉の焼ける音が響いていた個室に、ばむっと重低音が響く。

「うんんんめぇ〰〰〰〰〰〰〰〰……なんだこのハラミ……！」

衝撃的な味わいに思わず七笑《ななえ》が台パンした音だった。

「レベチ過ぎ……♪　高いお肉って口の中で繊維がきれいにほどける〜」

まりあは恍惚《こうこつ》の表情でさりげにうまい食レポを残す。

噛《か》み締めてははらりと崩れ、熱々の甘い脂がじゅわっと溢《あふ》れ出す肉たちを二人は次々に口の中へと放り込んでいく。

七笑とまりあは網の上で踊る高級なお肉様に完全に屈服していた。

「『メニューの一番高いやつから順番に』って生まれて初めて言ったわ。高級な店でやると脳汁出るな〜……」

「やりたかっただけのやつでしょそれ」

「まあね〜」

悪戯《いたずら》っぽくへっへっへと笑う。

「でもいいでしょ。焼肉は好きなもの食べなきゃ」

「わかる。まりあも焼肉は好きなもの好きなだけ食べたい」

まりあは網の上で火の通っていく大物から目を離さないまま続ける。

「ほら、焼肉でよく言われるでしょ？　『最初はタン塩以外あり得ない』『カルビにはサンチュを合わせてさっぱり』『ホルモンはハツに戻ってくるんだよね』『今時ミスジは外せないでしょ』とかいろいろ……」

　ぱちっ
　と、一際大きく油が弾《はじ》ける。

「しるかよってなる。まりあはね、壺《つぼ》漬《づ》けカルビでおなかパンパンにしたいの」

　有言実行。まりあは香ばしく焼けた特選壺漬けカルビを箸で掴《つか》むと、切れ込みが入った大きく長い身をがぶりと半分近くまで噛み切った。

「ん～……♪」

「それな。肉食う時に社会性求められたくないし。野性を解放しなくちゃ」

　七笑も育てていた極上サーロインを網から引き上げてかぶりつく。ごはん（小）を一気にかき込み、陶然としたため息を漏らす。

「くぅ～……♪　他人の金で食う高い肉、格別すぎる……！」

「オーナーちゃんは？　本当に食べなくていいの？」

「私はいい」

　二人と向かい合って座するオーナーの前には箸もタレの皿もない。背の高いグラスに注がれた烏龍茶《ウーロンちゃ》のみだ。

「目の前で焼肉食ってるのによく食わないでいられるな」

「会食の時はこんなものだ」

そう言って烏龍茶を一口。

「それに、ここの肉は食べ慣れている」

「相変わらずかわいくねぇガキ……」

「そんなことよりそろそろ話がしたい」

「あー、そういやなんか話があるとか言ってたっけ」

七笑《ななえ》は少し丸くなった自分のお腹《なか》をさする。

「まあ、そろそろお腹いっぱいかな」

「まりあご飯おかわりしたいかも。でも石焼ビビンパも食べたいし、なんなら冷麺も食べたいしな～」

「壺漬《つぼづ》けカルビでお腹いっぱいになったんじゃ……？」

「〆《シメ》は別でしょ」

まりあはメニューを広げ〆の項目をじっと品定め。

「なえちゃん、石焼ビビンパと冷麺ふたつ頼むから半分こしない？」

「私お腹いっぱいだって」

「もう、仕方ないな～」

まりあはため息とともに店員の呼び出しボタンを押す。

待機していたのかと思うほどの速さで店員はやってくると、まりあからいくつかの注文を受けてすぐに退室していった。

「あ、オーナーちゃん。〆待ってる間にお話聞くよ」

「なら始めようか」

オーナーが手元のリモコンを操作すると、室内の明かりがふっと消えた。

続けて天井からスクリーンが垂れ下がってきた。

「四月から六月にかけての、四半期の評価についてだ」

自分のスマホにケーブルを繋《つな》ぐと、スクリーンにはグラフのようなものが映る。

「【運命のゲーム】は人生を賭けて運命を勝ち取る劇場型リアリティショー。幕が下りれば世界が変わる。昨日までの真実が今日には幻となる。この興行を取り扱うにあたって我々が指標としているのはショーに投げられた金……要するに投げ銭だ」

スマホ画面を軽やかに操作し、赤いフォントで表記されている数字を拡大する。

「今期、この額が目標に到達していない。これは困る」

「ほんとだ。こんな成績表みたいなシートあったんだね」

「毎回売上だけ入れてたわそういえば」

「簡単な総評もしておこうか」

シートを切り替えて、今度は各ショーの個別のグラフへと移動する。

「まずテコ入れで行う水着回や温泉回。もう少し増やしてもよかった」

「そんなの挑戦者によるから。あと希望する運命の内容次第」

「やり過ぎると客層偏りそうだから、まりあはそれがイヤかな～」

オーナーは次のシートにスライドして数字を拡大。

今までとは桁の違う数字が記載されていた。

「銀獅子《ぎんじし》の回は文句ない。投げ銭も素晴らしい数字だった。やはり顔がよくてライン越えてる女はうける。有名で、末路が哀れだとなおいい」

「本当に人のこと舐《な》め腐ってるなお前」

「数字に出ている。事実を話しているだけだ」

まともに取り合わないまま次のシートへ。

「ただし、マリーゴールドとやら。あの挑戦者はいただけない。稼げないのに何度も舞台に立たせている理由は？」

「あれは私の女優候補だから。もう少し様子を見る」

残ったオイキムチをしゃりしゃりとかじりながら七笑《ななえ》。

「ショーは私の好きなようにやっていいって言ったろ」

「目標額を下回れば顔を出すとも言ったはず。ビジネスなら当然のことだろう」

「ガキのビジネスごっこもほどほどにしとけよ」

「ごっこではない」

そう言って、オーナーはテーブルに置かれた七笑のスマホを指差す。

「？　私のスマホがなに？」

「君が続けているソシャゲがあるだろう。擬人化させた鳩《はと》をレースさせる」

「なえちゃん好きだよねあれ」

「おもしろいんだよ育成が」

「あのゲームのガチャの順番は私が決めている」

飛び出してきた予期せぬ言葉に七笑は眉をひそめる。

「……はあ？　急に面白いこと言いやがって。ギャグか？」

「事実だ。こちらから提供する情報を考えればその程度の操作はたやすい」

オーナーは真顔のまま続ける。

「大手ゲームメーカー、メガバンク各社をはじめとした有名企業の、本当にごくごく限られた数名には《台本》のごく一部を開示して記憶保持するように処理をしている。有益なビジネスパートナーだ」

「そうなんだ。まりあ初めて知ったかも」

「いや私も初めて」

「誰にも気づかれずに世界を書き換えることができても、誰にも気づかれないままでは取引のしようがないだろう。《台本》を利用した情報提供、情報操作の代わりに様々なスポンサードを受けている。君たちのショーはいいパフォーマンスであり宣伝だ」

「やりたい放題かよこいつ」

「やっぱりここって闇バイトみたいなものなんだ」

「あんな計画性のない場当たり的な犯罪と一緒にされては困るな。私は《台本》を誰よりもうまくビジネスに利用している」

オーナーはそう断じつつ続ける。

「そして君たちには目標の達成、それだけを望んでいる」

「あー……つまりオーナーちゃんは追加でショーをしてほしいってこと?」

「その通りだ」

「でも挑戦者ってすぐ見つかるものじゃなくない?　相手の都合もあるし……」

「挑戦者ならいる」

オーナーはそう言って視線で回答する。

「……もしかして、まりあ?」

「おい、クソガキ」

「そうだ。君のように美しい少女が裏方に徹しているのは損失だと以前から感じていた」

「そういうことなら仕方ないな〜♪　いよいよまりあも舞台に立つとするか」

「ちょっと待て」

慌てて止めに入る。

あまりにもすんなり物事が運び過ぎている。

まりあの運命を考えれば舞台に立たせるわけにはいかない。

「目標の未達は口実だろうが。お前の目的はわかりきってんだよ。どうやって事を運ぶか考えてきたんだろうけどな」

「私は《台本》が生み出す価値を最大化しているだけだ」

「トンデモSF道具の《台本》持っててそれか？　もっと尊大で壮大な計画でも思い描いてるのかと思ったけどな」

「絶対的な運命の前には私の意思も意図も無意味だ。勝手に物語を見出《みいだ》す趣味はない」

「物語を見出すのは古来より続く人類の営みだろうが。星座なり神話なり」

「解釈の余地はなければないほどいい。コミュニケーションにも齟齬《そご》がなくなる」

「なんでこんな面白くないやつが《台本》所有者なんだか……そもそも」

「話を逸《そ》らしたいようだね。纐纈《こうけつ》まりあの舞台の話を進めるよ」

「は？　こっちの話はまだ」

七笑《ななえ》が圧をかけたところで、

「なえちゃん」

まりあがそれを遮った。

隣からじっとまっすぐな視線を向けながら続けた。

「まだ〆《シメ》がこない。石焼ビビンパと冷麺」

「今ちょっと大事な話してるから」

「まりあのごはんよりも大事な話があるの？」

「……」

即答できなかった。肯定したらめちゃくちゃ機嫌を損ねそうで。

その隙を突くようにまりあは続ける。

「ボタン押しても店員さん来ないし……まりあ、ちょっと呼んでくるね」

そう言ってまりあは席を立つと退室。

直接店員を呼びに行ってしまった。

「あっ……まあいいか」

七笑は立ち上がりかけたが、思い直して座る。

まりあがこの場にいないほうが話が進まなくていいかもしれない。

「纐纈《こうけつ》まりあのショーの日時は決めている」

しかし、その考えが甘いものであることはすぐに証明されることとなった。

「この後でいい。すぐ始めよう」

「……はあ？」

あまりにも唐突な申し出に気の抜けた声が出た。

「何がこの後だよ。ショーの準備なんかなんも出来てな」

「問題はないはずだ。クラウド上で確認している」

オーナーはスマホを操作しスクリーン上に映し出す。

クラウドにある《台本》内には【運命のゲーム】のストックが並んでいる。

「君が縷縷まりあの運命を覆すために試作した、一万を超える【運命のゲーム】をね」

「！」

七笑はすぐさま自分のタブレットを開いて操作する。

「《台本》が開けない……？」

しかしクラウドにアクセスができない。どう操作しても弾《はじ》かれる。

「無駄だ。君のアクセス権限は一時的に停止した」

「こんのクソガキ……」

「忘れているわけではないだろう。《台本》の所有者は私だ」

オーナーは無数にある【運命のゲーム】から無作為にひとつ実行した。

「あっ！」

ダイアログの『プレイする』をタップすると、画面は暗くなってぐるぐると歯車のような模様が動き始める。

ぴこん、とスマホから音がした。【運命のゲーム】が起動した音だ。

「舞台が始まったのなら、外野から余計な手出しは無用だ」

「お前……自分がなにしてるのかわかってんのか……？」

「〝纐纈《こうけつ》まりあは初めて立った舞台の上で事故により命を落とす〟」

オーナーは平然とそう答えながら扉へと向かう。

「君も知っての通りだ。たった今、纐纈まりあの運命は動き出した」

「……もうひとつあんだろ、まりあに関する〝特筆指定〟は」

七笑《ななえ》は苦々しく吐き捨てる。

「お前の目的はどうせそっちだろうが」

「〝纐纈まりあは最も稼いだ舞台女優としてその生涯を評価される〟」

オーナーはこれまでと同じく平坦《へいたん》に告げた。

「つまり纐纈まりあは舞台に立たせさえすれば、その死と引き換えに莫大な財産と後世に残る評価を得ることになる……私はこれを手に入れたい」

「ガチで好き勝手するなてめーは……だからクソガキなんだよ」

「この部屋は観劇には不向きだね。地下劇場の個室ラウンジに向かおうか」

オーナーは七笑の言葉を意に介さず扉を開く。

高級焼肉店の廊下が見える。

照明が少なく、薄暗くて先のよく見通せない廊下。

振り返りながらオーナーは告げた。

「さあ、本物の運命を見物といこうか」

＊　　＊　　＊

（高いお店ってなんで薄暗いんだろ……）

まりあは焼肉屋の廊下を歩きながらぼんやり考えていた。

床にはつるんとした黒い石が敷かれており、足元には等間隔にキャンドルが設置されている。しかしその間隔が若干遠めでやや心許《こころもと》ない。ただ圧迫感がなく広々しているのはいいなと思う。

静かで、広くて、きれいで、そういう場所だとなんだか踊りたくなる。

（なえちゃんがいたら危なかったな……）

個室ラウンジだったら鼻歌から二人どちらともなくゆるく踊りだすこともある。意味なく撮ったダンス動画も多い。この間のは加工しすぎてだいぶサイケになったが。

「……ふふ」

思い出し笑いが漏れて、声が響いてしまう。

そこで気づく。

自分の音だけ。それ以外の音がまったくしない。

焼肉屋なのに客同士の雑談やオーダーを通す店員の声、肉を焼く音などのあるべき雑音が一切聞こえない。高級店かつ個室が並んでいるエリアなので防音がしっかりしていると も考えられなくもないが……やや不自然なレベルに思える。

少しだけ奇妙に思える状況の中、まりあは通路の角を曲がる。

厨房《ちゅうぼう》が見えた。

「あ、ここっぽい」

まりあはスイングドアを押してそっと中を覗《のぞ》く。

業務用冷蔵庫や銀の調理台、キッチンシンクも見える。完全なバックヤードだ。

「あの～、石焼ビビンパと冷麺を頼んだんですけど～……」

注文したはずの内容を繰り返す。

「あと特選壺《つぼ》漬けカルビも三皿追加したくて～……」

中から反応はなかった。

しかし、背後から気配がする。店員が戻ってきたようだった。

「あ、勝手に入ってごめんなさい」

まりあが振り返ると、豹《ひょう》の頭をした獣人がいた。

「……わお」

豹なのは頭だけで身体《からだ》は人間、いわゆるウェイターの服装を着用している。長身かつ筋骨隆々な豹の獣人は、しなやかな動作でバックヤードの中を示す。

（これって、もしかしなくても……）

まりあは獣人の後を付いていきつつ、自身の服装を見下ろす。

察した通り制服はチャイナドレスに変化していた。

色は白で裾は長め、いくつかの赤い刺繍《ししゅう》が入っている。サイズはぴっちりしていて肉感的なアピール強め、そして最大の特徴であるスリットもしっかり深めに入っている。

「ふーむ」

割と好みのデザインだった。

服の細部を確認しながら、頭が少し重いことに気づく。触ってみると頭部にはケモミミらしきものが生えていた。ふさふさで気持ちいい。

衣装が変わっているということは間違いない。

（【運命のゲーム】、もう始まってるっぽい……）

トントンと豹《ひょう》の獣人が業務用の冷蔵庫を叩《たた》く。

冷蔵庫にマグネットで留めてあった写真をぴっと剥《は》がして調理台に投げる。

写真にはライオンの獣人と狼《おおかみ》の獣人が写っている。

それぞれ黒スーツを着て向かい合う構図だ。互いの顔にはいくつもの皺《しわ》と傷が刻まれておりライオンの目には眼帯、狼の口元には葉巻が。おそらくこの二人は裏社会、マフィアかなにかのボスなのだろう。

豹の獣人はその二人を分かつように赤いペンで大きく×を書いた。

(ライオン組と狼組に、仲良くしてほしくないってこと……？)

一発でそう理解できたのは自分の衣装のせいもある。

チャイナドレスのいろんな部分を確認している時に気づいたのだ。太ももの内側にホルスターがあり、小さいながらも重みのある銃が装備してあることに。

豹の獣人は、準備は整ったとばかりに入ってきた方と逆側の扉を開けた。

ばむっ
と、開けた扉の先には中華風の装飾で彩られた庭園が広がっていた。

屋内ながら小池や竹林、端には小さな五重塔のようなものも見える。

そして中央、小高い丘の上にある東屋《あずまや》にライオンの獣人と狼の獣人がいた。

ちょうどテーブルについたばかりのようだ。周囲には警備らしき獣人も複数いる。そう簡単に近づけそうにない。

たとえば、飲食物を運ぶ給仕でもない限りは。

（……なるほどね）

着せられたチャイナドレス。

握らされた拳銃。

（やるべきことはわかったかも）

まりあは猫耳を器用にぴくぴくっと動かして、にやりと笑った。

＊　＊　＊

地下劇場、個室ラウンジ。

「ここから鑑賞するとしよう」

オーナーは適当に置かれていたスツールにちょこんと腰掛けた。

正面のガラス張りの向こうにはいつものメインステージ。

中華風庭園の中、まりあが給仕に励む姿が見える。

「のん気なこと言いやがって……！」

七笑《ななえ》はオーナーに背中を向けて、ＰＣデスクに座る。

勝手に起動された【運命のゲーム】だが同時に配信も始まっている。各種カメラを動かして詳細な状況とまりあの動向を把握しにかかる。

「君はもっとわめいたりして抵抗するかと思っていたが」

「《台本》持ってるお前がここまで段取りしてるならどうにもならねーだろ」

「聡明《そうめい》で助かるよ」

「あとすぐランドセルの防犯ブザー鳴らせるようにずっと手をかけてたし」

「最近は物騒だからね」

この調子のオーナーと話していても解決にはならない。

(さて、ここからどうすんだ……?)

〝纐纈《こうけつ》まりあは初めて立った舞台の上で事故により命を落とす〟

この記述が〝特筆指定〟として存在する以上これを避けることはできない。そしてまりあはもう舞台に立ってしまった。

正直に言えば、もう手の打ちようがない。

(個室ラウンジに来れたなら多少やれることがあるかもだけど……)

できることと言えば……七笑《ななえ》はダメもとでマイクをオンにして発信した。

『……はーい?』

舞台上のまりあから声が返ってきた。

「！　まりあ！」

『あ、なえちゃん？　このインカム使えるんだ』

出力側をイヤホンに設定してなかったので、ＰＣのスピーカーからややざらついた音質のまりあの声が聞こえる。

『なんかね、急に【運命のゲーム】が始まった』

「勝手に作りかけのやつ起動されたんだよクソガキに！　先に言っとくぞ、そのゲームは」

『ステルスゲーでしょ、目標を暗殺するのが目的のやつ』

さすがはまりあ。

ゲームルールはとっくに把握しているようだった。

『なえちゃん、ひとりで配信できてる？』

「ワンオペしてた時あるから心配いらないって。そんなことより」

『ねえ、なえちゃん』

まりあはいつもと変わらないペースで語る。

『なえちゃんはまりあが主演女優やるって言うと、なんにも答えてくれないよね』

「……」

『まりあの舞台でなえちゃんのこと驚かせてみせるから、見ててね』

「あのな」

『あ、パグの獣人が近づいてきた……バレちゃうからもうかけちゃダメだよ』

そして、唐突に通信は切れた。

「おい！　話聞けって！」

マイクに向かって怒鳴っても、反応はなかった。

もう通信をする気はないらしい。

「好き勝手言いたいこと言いっぱなしであいつ……！」

「舞台作家の言うことを聞かないタイプの女優らしいね」

面白がるでもなく淡々とオーナー。

「余計な手出しは推奨しない」

オーナーは視線さえよこさないまま続ける。

「君にも舞台作家としての矜持《きょうじ》があるだろう。纐纈《こうけつ》まりあの最初にして最期の舞台、晩節を汚《けが》すのは不本意ではないかな」

七笑《ななえ》は、なんの言葉も返さずに再びＰＣに向き合った。

＊　＊　＊

（うーん、なかなかターゲットに近づけないなぁ……）

まりあは中華風の華美で大きな提灯《ちょうちん》が連なる廊下を歩く。

構造としては中央に東屋《あずまや》のある小高い丘、周囲に庭園、それを取り囲むように廊下が六角形をなすように配置されている。

東屋へつながる正面の道は警備厳重。何度か飲み物を運ぼうとしたが入口にいる獣人に受け取られてしまい目標には近づけなかった。

（なにか方法があるはずだと思うんだけど……）

東屋を取り囲む廊下から中央の小高い丘を観察する。正面だけでなく様々な角度で。

（……ん？）

そこで丘の裏側に細い石段を見つける。東屋につながっている裏道のようだ。石段を目で追っていくと庭園内をいくつかの石畳の道が縫っているのがわかる。

（石畳の道！　これを辿《たど》ればあの裏道にいけるんだ……！）

まりあは廊下から庭園に出て石畳を辿っていく。

竹林へと飛び込んで少しばかり走ると、開けた場所に出る。

赤い橋があった。

庭園と東屋のある小高い丘は大きな濠《ほり》で隔てられており、向かうにはそれを渡る必要があるようだった。

「……」

近づいて、濠《ほり》を覗《のぞ》き込む。

濠のように見えたそれは、濠ではなかった。

水がない。石で囲われているわけでもない。もっと言えばくぼんでもいない。

ただの穴だ。舞台の板が剥《む》き出しになって、暗闇が口を広げていた。

(ここだけデザインが違いすぎる……デザインっていうか、作りかけ……)

七笑《ななえ》の言葉を思い出す。

(無理やりオーナーちゃんにゲームを起動されたって……それならこれは、ゲームギミックじゃない……?)

舞台の奈落だった。

奥の深い、底の見えない穴。

本来的にはショーの中に存在するはずのない場所。七笑がいくつも作成していた試作品をオーナーが無作為に起動させた状況が揃《そろ》って偶然発生した隙間。

仕掛けられたわけでもなくまりあは導かれるようにこの場所へ来た。

舞台事故の象徴とも言えるような奈落に。

ぶるっと、まりあの背中を強烈な悪寒が走った。

ここには近づくべきではないという体の奥底からの警鐘を感じる。今まで生きてきて初めての経験だった。

（高所恐怖症とかじゃないはずなんだけど……）

ゆっくり近づいて、その奈落を覗き込む。

（でも、ここを通るしか方法がないよね……）

震える膝をぱしっと叩《たた》いて、まりあは赤い橋を渡り始めた。

＊　＊　＊

地下劇場、個室ラウンジ。

「纐纈《こうけつ》まりあは優れたビジュアルだけで充分に稼いでくれるね。今現在の投げ銭だけで目標額への不足分はもう補ってくれた」

オーナーは自身のスマホで配信画面を確認してつぶやいた。

「正確な額は記載がなかったが、充分に期待できそうだ」

「……《台本》にどこまでのことが書いてあるか知らねーけど……」

七笑はオフィスチェアを回転させてオーナーを見る。

「もし本当にありとあらゆる人間の運命がわかるなら、現実なんてお前にとっちゃただの確認作業だろ。それ面白いか？」

オーナーからは少しだけ間があって返答が来た。

「事の始終は最初から決まっているくせに、まるで自由意思が与えられているかのように決定を託されるほうがストレスではないかな」

念押しをするように続ける。

「〝特筆指定〟のように、揺るがぬものがあると言われた方が心安らかでいられる」

七笑《ななえ》は言葉を返さないまま、きいきいと軽く椅子を鳴らす。

「……そういや、なんかあったなー実験が」

「実験？」

「ネットで見たんだよ。どでかいギミックがある……シックス・センスだったかオリエント急行殺人事件だったか……オチが有名な映画を使った実験」

詳細は忘れてしまったが結果が印象的だったので覚えている。

「その映画をネタバレしないで普通に観《み》たグループと、ネタバレして映画を観たグループで分けてみたら……ネタバレしたグループの方が作品評価は高かったんだとさ」

「……」

「まりあは違うけどな。普通にネタバレなしで物語を楽しみたい派」

「何の話をしている？」

「まりあがガチギレした時の話だよ」

七笑は続ける。

「まりあが自分の運命を、自分のネタバレを知った時の話」

「！」

そこで初めて、オーナーの表情に変化があった。

「私がクリスマスの日に〝特筆指定〟知った時すぐまりあに喋ったから。両方とも」

言いながら去年のクリスマスを思い出す。

まりあの運命を知って、すぐまりあ本人にネタバレかました冬の日のことを。

「クソ大変だったんだぞあの日。ネタバレしたせいでまりあガチギレして、楽しみに準備してたクリパ中止にしたんだからな」

「嘘《うそ》だね」

オーナーは喰《く》い気味に返す。

「纐纈まりあは自らの運命を知って、以後も普通に生活していたと？」

「そう」

「死ぬとわかっていて、今夜も平然と舞台に立ったと？」

「そうだって」

「ありえない。それは常人ではない」

「まりあが常人なわけあるか。顔がよくてライン越えてる最高の女だろ、喜べよ」

繰り返していたフレーズをそのまま返されて、オーナーは沈黙する。

「疑惑が確信になったわ……オーナーが本当に《台本》を完全に取り扱えるなら全知全能のはずなんだよな。あらゆる運命の始終が書いてあるんだ、全部読めたら神様だろ」

七笑《ななえ》はゆっくりとした足取りでオーナーへと向かう。

「でも前から疑問だった。他人に権限与えてGMさせてるし、ビジネスだってもっと効率いい方法ありそうだし。今回は〝特筆指定〟の運命を動かす事態なのに私とまりあが情報を共有してることも知らなかった。計画の重要なポイントで、これはおかしすぎる」

「……」

「振り返ってみれば、オーナーが《台本》をいじって運命を変えているところ一回も見たことないんだよな。ほぼなんでもありの《台本》所有者のくせに周囲を利用して動かそうとばかりしてる……つまり、だ」

一息置いて、刺す。

「オーナーは実は《台本》を閲覧、編集することはできない。あくまで所有と、せいぜいその権限に関する操作ができるだけ。そうだろ？」

「!!」

明確に驚きに変化した表情を見て、七笑はにやりと口元を歪《ゆが》ませる。

「だから私にGM頼んでるわけだ？　……ま、商才はガチなんだろな。大企業と取引してスポンサード受けるとこまでいったんだから」

「……《台本》の閲覧、編集には才能がいると最初から言っていた」

オーナーはすぐに平静を取り繕って睨《にら》み返す。

「それに〝特筆指定〟は私にも読める。変わることのない絶対の運命だ。纐纈《こうけつ》まりあが舞台に立った以上は」

「私が一番ブチギレてること先に言っとくぞクソガキ」

言葉を遮って、覆《おお》い被《かぶ》さるように見下しながら続けた。

「まりあは私の主演女優だ。あれは私が使う女だ。二度と勝手に手を出すな」

オーナーからの返答はない。

ただ悔しげに唇を結ぶ子どもがこちらを見上げていた。

「よく見とけよ？　まりあが舞台で驚かせるって言ったなら、必ず驚くことになる」

＊　　　＊　　　＊

（ふう、思ったよりなにもなかった……）

まりあは赤い橋を無事に渡り終えた。

あとは石段を上れば東屋《あずまや》に出る。ゆっくりと上りながら、太ももの内側に手を入れて拳銃を取り出す。架空の銃だが特に難しい機構のものではない。弾を装填《そうてん》。

顔を出す前に一旦《いったん》ストップ。

猫耳をぴくぴくっと動かして集中。まずは音で情報収集。

足音の数からして警護の獣人は三名ほど……最も遠ざかったタイミングを狙って突入すればいい。機はすぐ巡ってきた。

（……今！）

タイミングを見て東屋《あずまや》へと突入し、スムーズな動作で発砲した。

狼《おおかみ》の獣人にヘッドショットを二回。

「！」

周囲が反応するがもう遅い。続けてライオンの獣人の頭にも二発。

「!?」

それを見て、警護の獣人全員に衝撃が走った。

「よし、全弾ヘッショ……ミッションコンプリート」

まりあは得意げにそうつぶやいて、わざとらしく銃口をふっと吹いた。

「……あれ？」

そこで、周囲の様子がおかしいことに気づく。

警護の獣人たちはオロオロと戸惑っているのだ。

オセロットの獣人とコヨーテの獣人も顔を見合わせて首を傾《かし》げている。

『まっ、まりあのバカ!!』

七笑《ななえ》の大声がインカムから飛び込んできた。

驚きのあまり若干声が裏返っていた。

『敵対する狼の獣人を殺して勝ちだったろ！　クリアだよ！　なんで自分の陣営の親分まで殺してんだ!?』

「自分の陣営？」

このショーが始まって、初めて聞く概念だった。

「ライオン組と狼組の会合を阻止すればいいんじゃないの？」

『それは合ってるけど、まりあは猫側だろ！　仲間として豹《ひょう》の獣人も出てきてたし自分にも猫耳ついてるんだからライオンは味方に決まってんだろ！　ネコ科の親分！』

「……あー」

確かに言われてみると判断する材料はあったかもしれない。

「でも説明がなにもなくて」

『共通の言語はないんだよ！　多種類の獣人がいるから、そういう設定なの！　言葉とかテキストがなくて動きと音楽だけで進むスマートなショーにしたくて！』

「うわなえちゃん好きそ～」

『お、悪口か？』

「伝わらなきゃ意味ないと思うんだよねそういうの」

まりあは自分のケモミミを撫《な》でる。

「だってまりあ、自分の姿が見れないから犬か猫かわからなかったもん」

『それは、赤い橋を渡る時に水の反射で見れるようにするつもりで！』

「あそこ水は張られてなかったけど」

『だからこの舞台作りかけなんだってばも〰〰〰〰〰〰〰〰〰〰〰〰〰っ!!』

七笑《ななえ》の苦悩する声が聞こえる。

そうこうしているうちにライオン組と狼《おおかみ》組、双方の黒服がぞろぞろと集まってくる。

どちらにせよ暗殺犯は確保する必要はあるのだから当然だろう。

（逃げるなら赤い橋の方しかないけど……）

この大人数に追いかけられれば、あの赤い橋で大立ち回りをすることになる。

（あの奈落……まりあが本当に舞台の事故で死ぬなら、やっぱりあそこで……）

再び背筋を寒くさせるが、獣人たちは待ってくれるはずがない。

一斉に襲いかかってきた。

「やばっ」

まりあは即座に石段を駆け下りていく。

目の前には赤い橋。

背後に複数の獣人。

渡るしかない。

まりあは橋に足を踏み入れて……

✲　✲　✲

七笑は深く深く息を吐いて、

「……まりあ」

短く告げた。

「奈落に飛び込め」

✲　✲　✲

「うん、わかった」

まりあは赤い橋の欄干に足をかけて、躊躇《ちゅうちょ》なく奈落に飛び込んだ。

✲　✲　✲

地下劇場、個室ラウンジ。

「？」

最初に変化に気づいたのは、オーナーだった。

舞台を鑑賞するために張られている全面ガラスに、ぴしっと、蜘蛛《くも》の巣のような細かいヒビが入った。

ガシャアアアン！

次の瞬間、ガラスは砕けて個室ラウンジになにかが飛び込んできた。

跳躍する美しい白い影。

それはチャイナドレスを着たまりあだった。

美しい顔立ちのせいか、すらりとした手足のせいか、しなやかな身のこなしのせいか、まりあの動きはスローモーションがかかったかのようにゆっくりとよく見える。

「……！」

七笑《ななえ》とオーナーの視線を奪い――

砕け散るガラスとともにきらめきながら――

「おっとっと……！」

まりあは中央のソファに着地。数回踏みつけてそこで勢いを殺す。

周囲を見回す。

「あれっ？　いつものラウンジだ……なえちゃんもいるし」

「……どうだオーナー？」

降り掛かってきたガラスの破片を払いながら、七笑《ななえ》は挑発的に笑う。

「舞台の上の女優が観客席に飛び入りだ……この展開は予想できたか？」

「陳腐だね」

即答する。

「いかにも流行《はや》らない舞台作家のやりそうなギミック、三文芝居だ。こんなことをしたところで……」

しかし、オーナーの言葉は途中で途切れた。

「……血？」

ガラス片によるケガだろう、七笑の額から顎を伝って血が流れていた。足元にはぼたぼたと血の斑点が描かれている。

「もう一回言うぞ？　舞台に立っていた女優が観客席に飛び込んできた……そうなったら私たちのいるここは舞台の続きだと思う？　それとも現実だと思う？」

「……」

まりあの飛び込んできたこの場所も舞台の続きになっているのならば、今七笑がケガをしているのは妙だ。

ＧＭは舞台の上では無敵。

なにをされても傷つくことも死ぬこともない。そのはずだ。

「…………第四の壁を破ったせい？」

オーナーは七笑の言いたいことを察した。

第四の壁とは舞台と観客席の間に存在する透明な壁のこと。役者と観客を隔てる壁はまりあの突入により破壊されたことになる。そして七笑が血を流しているということはここは現実とみて間違いないのだろう。

〝纐纈《こうけつ》まりあは初めて立った舞台の上で事故により命を落とす〟

そのはずだった。

しかしもうここは舞台ではない。

舞台と個室ラウンジを地続きにして、現実にしてしまったのだから。

「纐纈まりあは、今夜舞台に立っていないことになっている……？」

「一万のショーは全部作りかけで穴だらけだ。第四の壁の最終手段使えるようにな……とはいえうまくいくか最後は賭けだったけど……」

七笑は一歩、オーナーに踏み出す。

「勝ったみたいだな……あー、手汗やばかったぁ」

「なえちゃん、舞台みて！」

まりあが叫ぶ。

舞台に広がる中華風庭園にいる獣人たちがこちらに……つまり現実側に気づいて騒いでいた。

「第四の壁を壊したからこっちを認識したのか……？　ま、考えりゃ当たり前か」

何人かの獣人たちが舞台を飛び出て現実にやって来ようとしているのが見える。

「外に出したらさすがにマズいよね？　ここから狙えるかな……」

まりあは拳銃を構えて二度発砲。

見事にヘッドショット。獣人は床に倒れ伏すと煙のように消えてしまった。

「緞帳《どんちょう》おろすしかない！　強引だけど舞台を終わらせる！」

七笑《ななえ》はＰＣデスクに向かいマウスとキーボードで操作を。地下劇場の諸々《もろもろ》は電子制御できるようになっているはずだ。

「くそ、いつもタブレットでやってるから設定の場所よくわかんねぇ……！」

「なえちゃん、何人か出てきちゃった！」

「相手は頼んだ！」

舞台から飛び降りた黒服の獣人がこちらへ走ってくるのが見える。そして個室ラウンジの割れたガラスを踏み越えて普通に侵入してくる。

オセロットの獣人とコヨーテの獣人だった。

「それじゃ……まりあと遊ぼっか」

まりあは先に動いたコヨーテの獣人の頭に狙いを定めて数度発砲。置くようなエイムでヘッドショット。やはり獣人は煙になって消える。

「エイムは自信あるんだよね」

続けてオセロットの獣人に照準を合わせて引き金を引く。

「！」

響いたのはかちかちっと乾いた音。弾切れだった。

その隙にオセロットの獣人が襲いかかる。

鋭い爪がきらりと光る。

しかし、まりあは躊躇《ちゅうちょ》なく前へステップをした。

大振りな爪の攻撃を飛び込みながら避けつつ、顎まで引いた銃の柄を相手の眉間に力いっぱい叩《たた》きつけた。

「!?」

カウンター気味の一撃を食らってオセロットの獣人は顔面を押さえて床を転がる。

まりあはその隙に内ふとももから弾倉を取り出してリロード。床を転がるオセロットの獣人に数発の銃弾を撃ち込んで煙にする。

「なえちゃん、終わった」

「こっちも緞帳《どんちょう》の操作はできた。もう平気だろ」

舞台を見ればもう半分ほど緞帳は下りつつある。遠くから走ってくる獣人も見えるが距離的にも速度的にも間に合わないだろう。

「大丈夫とは思うけど、もしかしたら見逃した獣人がいるかも？」

「地下劇場のドアは電子制御で全部施錠したから。ゆっくり点検……」

そう言いながら周囲を見回すと、ちょうど個室ラウンジの扉から逃げていくランドセルが見えた。オーナーだ。

「逃げやがった……いや、面白いことになってきた」

にやりと笑う七笑《ななえ》。

目に入った血を拭いながら扉へと走って叫ぶ。

「鬼ごっこだオーナー……私に見つかるか、獣人に見つかるか、好きな方を選べ！」

＊　＊　＊

（本当に苦手だ、あの女……）

狭く暗い場所でオーナーは身を隠していた。

（粗野で粗暴で品もデリカシーもなく口も悪い。罵声も遠慮なく浴びせてくるし、絡みもしつこい。本当に鬱陶しい……あとお前って呼ぶし……）

オーナーは七笑を胸中で罵っていた。

とにかく水が合わない相手というのはどうしても存在する。

（私が《台本》を閲覧編集できれば、誰があんな低俗な人間に頼むものか……）

毒づきは止まらない。

（しかもあの〝特筆指定〟を纐纈《こうけつ》まりあ本人に話すだと……？　信じられない……どこまでノンデリなんだ……）

余計な情報を与えないために〝特筆指定〟にかけていた閲覧制限をわざわざクリスマスの日に解除したのは、純粋に七笑への嫌がらせのためだった。

日常的な侮辱への礼としてクリスマスプレゼント代わりに明かしてやった。

（せいぜい悩むだろうと思っていたが……まさかこんな形で返ってくるとは……）

今まで自分の計画に致命的なミスというものはなかった。すべてをうまく取り回せると思っていた。

ただし、今回は相手が悪かった。違う。相手が異常すぎた。

「どこにいるのかなぁ？　オーナーちゃあん？」

（！）

外から七笑《ななえ》の声がした。

きゅっ、きゅっ、とスニーカーが床を擦る音が聞こえる。

オーナーは呼吸を浅くして気配を消す。

「お姉ちゃんと遊ぼうぜ？　ちょ～っと刺激が強いかもしれないけどさぁ」

猫撫《ねこな》で声《ごえ》で誘う七笑。

ガサガサと近くを漁《あさ》る音が聞こえる。

（急に通り魔とかに刺されて無様に死んでくれ本当に……）

オーナーは心から祈った。

「……ここにはいないみたいだな。ほかを探すか」

冷静な声が聞こえた。どうやら付近を探すのはあきらめてくれたようだった。

ほっと安心した瞬間、

「な～んてな！」

がばっと蓋《ふた》が開けられて一気に光が満ちる。

地下にあるテナント用ゴミ置き場、集積コンテナの中に身を隠していたが見つかってしまった。苦々しく七笑を見上げる。

「みぃーつけた♪」

逆光で見えないが、七笑がいやらしい笑みを浮かべていることだけはわかる。

「……閲覧制限をかけている〝特筆指定〟が他にもあるのは知っているはずだ。君にまだ明かしていないことは数多くある」

「いいね～、まさに今際《いまわ》の際《きわ》の一言って感じで。でも今それ言ってもお前の身は助からねーんだわ。とりあえずおしりぺんぺんでも……」

七笑はオーナーの細い足に手を伸ばしてくる。

「さわるな」

その手を蹴り払うと、なぜか七笑は嬉《うれ》しそうな声を上げる。

「はっ、怒ることあるんだお前」

「私をなんだと思ってる？」

「ずーっと、いっつもつまんなそうな顔してるクソガキ」

嫌い。

嫌いきらい。

本当に大嫌い。

「私はね、つまんなそうにしてるやつ全員私の舞台で驚かせたいんだよね」

逆光で表情は見えないままだ。

「だから聞いとく……今夜のショーは、ど、う、だ、っ、た？」

「……はあ？」

「ショーの感想だよ。今夜は滅茶苦茶《めちゃくちゃ》やったつもりだぜ？　オーナーの計画だって一旦《いったん》はひっくり返したわけだしな……」

かすれた笑い声が聞こえる。

「今日ずーっとニチャついてた顔が凍りついたところ、見ものだったわ」

表情が強張《こわば》るのがわかる。

この女とは話しているだけで顔が引きつる。

「……すべてが君の掌中のように語っているが、偶然の中を綱渡りできただけだろう。今回のことはとても計画的に行ったとは思えない」

「ま、そーだわな。二度同じことできる気しねぇし」

「それに纐纈《こうけつ》まりあの〝特筆指定〟は依然として存在している」

「へえ……本当にそう思うか？」

想定外の返しが来た。

まさか、そんなわけがない。

そもそも〝特筆指定〟は絶対に変えることのできない運命。それが覆ることだけはありえない。しかしこのGMは今夜ありえないようなことをやってのけた。もしかすると見落としていただけでなにか仕組んでいて……

「真剣に考えてるみたいだけど、ブラフだから」

鼻で笑う。

「まりあの〝特筆指定〟に関してはなんも手立てなしだわ。今んとこな……」

オーナーは嫌悪に顔を歪《ゆが》ませた。

「……本当に、本当に大っ嫌い。君のことは生理的に受けつけない」

「奇遇だな、私もだクソガキ……」

ぴちゃりと、オーナーの足に水滴が落ちる。

「そんなに私とまりあの顛末《てんまつ》が気になるなら……最高の舞台作家と主演女優の続きが気になるなら……目を離すなよ……」

水滴に目をやるとそれは血だった。

いまだ七笑《ななえ》から流れ続けている血だ。

「これからも私の舞台で死ぬほどめちゃくちゃなことして、お前を座席から飛び上がらせてやるよ……ジャンプスケアでもなんでも使ってな……」

「……」

「……私の、ショー……最初から最後まで全部見れる客は、お前だけだ……」

ぐらり、と七笑の体が揺らぐ。

「必ず……最後には、面白いと言わせて、やる……か……ら……」

そのまま前のめりになって、どさっと上半身だけ集積コンテナに突っ込んだ。

「……」

結構な量の血を流したのだろう、七笑《ななえ》はゴミの上で沈黙した。

「……なんなんだこの女は」

言葉の意味はほとんどわからなかった。

貧血になりかけの朦朧《もうろう》とした意識の中で、思いついた言葉を無節操に連ねただけのように思える。

ただ、あれだけ思いついていた七笑への悪罵は今は浮かんでこなかった。

ぱんぱんっ

と急に二発の銃声が聞こえて、豹《ひょう》の獣人の死体が集積コンテナに転がり込んできた。

「きゃっ」

思わず悲鳴をあげてしまった。

体格のいい獣人の死体が覆いかぶさって七笑の体は押しつぶされる。その後すぐに獣人の死体は煙のように霧散した。

「オーナーちゃん、大丈夫？」

こちらを覗《のぞ》き込んできたのは銃を手にしたチャイナドレスのまりあだった。

豹の獣人を仕留めたのは彼女のようだ。

「問題ない」

「きゃって。オーナーちゃんのかわいい悲鳴聞いちゃった」

「今夜のショーはもう幕引きでいいだろう、私は失礼する」

オーナーはリアクションすることなく集積コンテナから這《は》い出《で》て、制服を軽く払う。

「あ、待って。オーナーちゃん」

「……なにか？」

まりあは集積コンテナに頭を突っ込んで沈黙する七笑を指さした。

「さすがに応急処置して救急車かも」

＊　＊　＊

数日後。

地下劇場、個室ラウンジ。

いつも七笑とまりあが過ごしていた快適な空間にはガラスの破片やら足の取れたスツールやらが散乱したまま。大乱闘の爪痕が色濃く残っている。

「業者は明日来て新しいガラス入れてくれるって。だから今日中に掃除しないと」

頭に包帯を巻いた七笑はスマホで業者からのメールを確認。

「こないだ掃除したばっかりなのに〜……」

まりあはがっくりと肩を落とす。

「それで……なんでなえちゃんは掃除する時にいつも怪我《けが》してるの？」

「なんでだろうね……お前は掃除するなっていう運命なのかも」

「いいからそういうの。なえちゃんは軍手でガラス拾って。きつかったら休憩したり離脱してもいいから。できそう？」

「別に体調普通だし全然できる」

「よし、それじゃあ掃除開始ね」

まりあから渡された軍手とゴミ箱を受け取り早速ガラス片を回収する。

まずはソファ周辺、指を切らないように気をつけながら大きめのものから。いくつか拾ううちにカーペットに染みを見つける。乾いた血溜《ちだ》まりを。

「これ私の血か」

「あー、染み抜きとかしてももう手遅れだろうなぁ」

バーカウンターの方からまりあの声が返ってくる。

「小さな水溜《みずたま》りくらいある。かなり血流したんだな私……」

「なえちゃん死にかけだったもんね」

「医者に三十分遅かったら危なかったって言われたわ」

まりあの方を見ると、ちょうどカウンターからひょっこり顔を見せる。

「生きててよかったねーなえちゃん」

「お互いね」

薄く笑いながら返す。

「そう。まりあも舞台に立ったのに生きてるし」

バーカウンターの上をハンドサイズのほうきで掃きながら続ける。

「〝纐纈《こうけつ》まりあは初めて立った舞台の上で事故により命を落とす〟……これってどうしようもないことなんでしょ？」

「〝特筆指定〟だから、そうだね」

「だったら……やっぱりあの時は舞台じゃなくて現実だから助かったってこと？」

「そういう判定になったとみなすしかない」

かしゃん、とゴミ箱に入れたガラスが割れる。

「あの時、本当よく飛んでくれたよ……心臓バクバクで見てたんだから」

「奈落ジャンプのこと？」

「きららジャンプみたいな言い方を……あれは本当に死ぬ可能性あった。状況が状況だからガチでどうなるのか全然わかんなくて、でももう方法があれしかなかった」

あの時は無理無茶《むちゃ》無謀でも通す必要があった。

ただし事が済めば言っておかなくてはいけないことがある。

「……あの、ごめん」

「なんか……」

まりあは、多分わざと溜《た》めてから続けた。

「自分で殴っといてあとで謝るＤＶ彼氏みたいだね」

「ぜんぜん違うしたとえがひどすぎるだろ！　あと私は女の子と付き合ったらめちゃくちゃ大切にするから！」

「本当かな～。普段のノンデリっぷりを考えるとな～」

「彼女にはもう特別にキュンキュンするくらいお姫様扱いするし。つかいいんだよ彼女の話は。そこじゃなくて奈落ジャンプをちゃんと謝りたくて……」

「そんなの必要ないでしょ」

まりあはあっけらかんとしていた。

「だって、まりあはなえちゃんの舞台の主演女優をやるんだもん。あれくらいは」

「…………」

「これ言うとすぐ黙っちゃうんだから」

「だって……」

まりあはふうと息を吐いて掃除道具を置いた。

「どうして返事をくれないのか、まりあわかってるよ」

バーカウンターを出る。

ガラスの破片を踏みつけながらまりあはこちらに近づいてくる。

「そりゃあ、まりあは舞台に立ったら死んじゃう運命だから……」

「それもだけど……〝纐纈《こうけつ》まりあは最も稼いだ舞台女優としてその生涯を評価される〟のほうも合わせてでしょ？」

七笑《ななえ》よりも背の高いまりあは、腰を曲げて顔を覗《のぞ》き込む。

「まりあに本当にすごい女優の素質があるかどうか、自分の目で確かめたいのに確かめられないから……返事を濁してた理由を正確に言うなら、こうだよね？」

覗き込んでくるまりあと目が合う。

大きな瞳に映る自分が見える。

「まりあがどういう風に舞台に立つ女優なのか……〝特筆指定〟にどう書いてあったとしても、自分の目で確かめてからじゃないと返事をしたくなかったんでしょ？　でもそれはできない。まりあは舞台に立つと死んじゃうから。だから明言を避けてた。違う？」

「……」

「そもそも【運命のゲーム】がそうだもんね？　なえちゃんにとっては自分の舞台の主演女優を選ぶ試験みたいなもの。なによりも自分の舞台が一番なんだもん」

沈黙を肯定と受け取ったのか、まりあはそっと離れていく。

「でもね、まりあはそこに立つことさえできなかったの」

まりあは少しの距離をとって向き合う。

「だから、奈落ジャンプの時は嬉《うれ》しかったよ、本当に」

まりあがくるりと舞う。

「なえちゃんが本気でまりあを見てくれたから。オーナーちゃんみたいに答え合わせのためじゃなくて、自分の目でまりあを確かめようとしてくれた」

まりあの声が弾む。

「まっすぐに自分を見てもらうって、それだけでドキドキして飛び上がっちゃいそうなくらいうれしかった。あんなの、まりあはじめてだった」

まりあが笑う。

「またあんな風にまりあのことまっすぐ見てもらいたい。だからやっぱり……まりあはなえちゃんの舞台の主演女優になりたい」

まりあは何度見てもとびきりに美しい。

思わずステップを踏むだけ。

素直な気持ちを話すだけ。

純粋な心で笑うだけ。

それだけでこんなにもこちらを魅了する。

「……死ぬのがわかってても？」

「まりあはそうしたいと思ったことをしたい。ずっとそうだよ」

迷いのない瞳は強く輝く。

「舞台についてはまだ知識ないけど……なえちゃんだけじゃなくて、もっとたくさんの人に見てもらうのもいいかもって思う。これはまりあの本当の気持ち」

運命。

人がそれから逃げおおせられるものなのか、七笑《ななえ》の中にまだ答えはなかった。

「まりあは言い出したら聞かないんだよな……」

「うん」

ふうと細い息を吐く。

「……わかったよ。まりあを私の舞台の主演女優にする」

「やったぁ！」

「ただし」

飛び跳ねるまりあに、七笑は釘《くぎ》を刺す。

「これからも主演女優は探すよ。まりあ以上の女の子が見つかる可能性はあるから。知ってるでしょ？　私は自分の舞台に妥協なんてしない」

あくまで冷静に続ける。

「また明日からも【運命のゲーム】で挑戦者を毎回審査してく。だからまりあは……正確に言うなら主演女優候補だね」

「……ふふっ」

まりあは薄く笑う。

「まりあ以上の女の子なんて、そうそういないと思うよ？」

「はっ」

思わず鼻で笑ってしまった。

「知ってるよ、そんなの」

「それならよし♪　それじゃあ、まりあは主演女優候補に決定ね！」

「はあ、ついに言っちゃった……」

「だいぶ焦《じ》らされたな〜。まりあとしては〝特筆指定〟のネタバレされた時点で決めてほしかったのに」

「クリスマスの時？　ネタバレでまりあガチギレしてたし……もうあの空気でクリパなんてできないから中止しよって私から言ったくらいじゃん」

「だって、まりあの運命を世間話テンションでネタバレしてきたから」

「違くてぇ、あれは変に重くするのもよくないかなって気遣いでぇ……」

グチグチと見苦しい言い訳を重ねようとしたところを、まりあが手で制する。

「もうその話はよくて。今は楽しい話しよ！」

「楽しい話？」

「聞きたいことずーっとあったんだもん。まりあを主演女優にしてどういう舞台をやりたいか、劇の構想！　あるでしょ？」

「まあね……んー、そうだなぁ。まあ三つくらい案があってねぇ……」

まりあにのせられて七笑《ななえ》は調子よく話し始めた。

地下劇場。

個室ラウンジ。

掃除なんてそっちのけにして、ふたりはいつかの夢の舞台についていつまでもいつまでも語りあっていた。

あとがき

七笑《ななえ》は【運命のゲーム】を自分の主演女優探しに利用していて、女の子が大好きで、刹那的で、掃除が大の苦手で、偏食で、無駄遣いしがちで、あまりにもワイヤレスイヤホンを失くすのでまりあからプレゼントされた有線イヤホンを使っていて、いつかは自分で舞台を手掛けたいと夢見ている女の子です。

まりあは自分の容姿とスタイルの良さを自覚していて、何でもそつなくこなすことができて、元有名配信者で、コメント選びがうまくて、時々FPSで炊いて七笑をビビらせたりもして、シンプルな味のものが好きで、キレイ好きで、理系で、いつかは七笑の舞台の主演女優になりたい女の子です。

この作品はそんな二人の女の子のお話です。

勝手で無法でめちゃくちゃなことが起こりますが設定した軸はシンプルで、七笑とまりあのキャラクターと関係性がこの作品のなによりの魅力です。

作者の願いは読者のみなさんに七笑とまりあを好きになってもらうこと。

二人の運命の行く末を見届けたいと思ってもらえたら、推してもらえたら、応援してもらえたら、これ以上のことはありません。ほんとだよ。

以下謝辞です。

最初の「悪い女の子を書こう」という始発点からこんなとんでもない内容になるまで付き合ってくれた編集氏、本当にありがとうございます。一緒に『ベイビーわるきゅーれ』を観《み》に行かなければこの作品は生まれていなかったことでしょう。

イラストを担当してくださったｎｅｚｉ《ねじ》さん。大変素晴らしいイラストの数々ありがとうございます！　アングラな魅力があるかわいい女の子を描いてほしいというオーダーに１２０点で応えてくださいました。特に表紙イラストは本当に出色の出来……！

そしてこの本の出版に関わったあらゆる方々、なによりこの本を手にとってくれた読者のみなさま、本当にありがとうございます。

久々の小説執筆でしたが、気持ちよく書けてとても楽しかったです。

二巻のあとがきでまたみなさまにお会いできたら……もうそんな欲が出ていることに自分でも驚きつつ、できるならばこの願いの叶《かな》う場所で。

またお会いしましょう。

広沢《ひろさわ》サカキ

MF文庫J

ゲームマスター獄木七笑に試される
～きみの人生逆転ショー、配信で見せつけちゃお?～

2025年 3月 25日 初版発行

著者 広沢サカキ

発行者 山下直久

発行 株式会社 KADOKAWA
〒102-8177 東京都千代田区富士見 2-13-3
0570-002-301（ナビダイヤル）

印刷 株式会社広済堂ネクスト

製本 株式会社広済堂ネクスト

Printed in Japan ISBN 978-4-04-684636-5 C0193